JN214435

古典を学ぶ！
日本人のこころと自然観

山川草木鳥獣虫魚の世界に遊ぶ

菊田 守［著］

序

この本は、私のこれまでの経歴を心の思いのままに作品を通して書き続けたものである。

私は、昭和十年七月十四日（パリ祭）に、武蔵野の片隅の東京・中野の鷺宮に生まれ、一度も同所を離れることなく八十余年間住み続けている。

秋の虫の音《ね》のように、生きるいのちの思いが伝わることを願っている。

二〇一八年一月

中野区白鷺の自宅にて　菊田　守

序

目次

第一部　松尾芭蕉の自然観

Ⅰ　松尾芭蕉と山川草木鳥獣虫魚の世界

山川

野ざらしを心に風のしむ身かな

四十一歳　一六八四・貞享元年

手にとらば消《きえ》んなみだぞあつき秋の霜

秋風や藪も畠も不破の関

山路来て何やらゆかしすみれ草

四十二歳　一六八五・貞享二年

名月や池をめぐりて夜もすがら

四十三歳　一六八六・貞享三年

冬の日や馬上に氷る影法師

閑さや岩にしみ入蝉の聲

五月雨《さみだれ》をあつめて早し最上川《もがみ》

荒《あら》海や佐渡によこたふ天《あま》の河《かわ》

四十六歳　一六九三・元禄二年

むめが香にのっと日の出る山路かな

清瀧《きよたき》や波にちり込松青葉

草　木

あられきくやこの身はもとのふる柏《かしわ》

四十歳　寛文・延宝・天和年間

道のべの木槿《むくげ》は馬にくはれけり

四十一歳　一六八四・貞享元年

芋洗ふ女西行ならば歌よまむ

蔦《つた》植て竹四五本のあらし哉

命二つの中に生《いき》たる櫻かな

辛崎の松は花より朧《おぼろ》にて

四十二歳　一六八五・貞享二年

初雪や水仙の葉のたはむまで

四十三歳　一六八六・貞享三年

よく見れば薺《なずな》花咲く垣根かな

四十四歳　一六八七・貞享四年

花の雲鐘は上野か浅草か

草臥《くたびれ》て宿かる比《ころ》や藤の花

何の木の花とは知らず匂《にほひ》哉

さまざまの事おもひ出す櫻かな

四十五歳　一六八八・元禄元年

ほろほろと山吹ちるか瀧の音

あらたふと青葉若葉の日の光

夏草や兵《つはもの》どもが夢の跡

四十六歳　一六八九・元禄二年」

麦の穂を便《たより》につかむ別《わかれ》かな

五十一歳　一六九四・元禄七年

菊の香や奈良には古き仏達

鳥獣

馬ぽくぽく我をゑに見る夏野かな

四十歳　一六八三・天和三年

馬をさへながむる雪の朝《あした》哉

四十一歳　一六八四・貞享元年

猿を聞人《きくひと》捨子に秋の風いかに

草枕犬もしぐるるかよるのこゑ

海くれて鴨のこゑほのかに白し

菜畑に花見顔なる雀哉

四十二歳　一六八五・貞享二年

古池や蛙飛び込む水の音

永き日も囀り足らぬ雲雀かな

五月雨に鳰の浮巣を見に行かむ

四十三歳　一六八六・貞享三年

鷹一つ見つけて嬉しいらご崎

雲雀より空にやすらふ峠かな

おもしろうてやがて悲しき鵜舟かな

四十五歳　一六八八・元禄元

父母のしきりに恋し雉子《きじ》の声

病雁《びょうがん》の夜さむに落《おち》て旅ねかな

四十七歳　一六九〇・元禄三年

虫　魚

明ぼのやしら魚しろきこと一寸

四十一歳　一六八四・貞享元年

夏衣《なつごろも》いまだ虱《しらみ》をとりつくさず

四十二歳　一六八五・貞享二年

蛸壺《たこつぼ》やはかなき夢を夏の月

四十五歳　一六八八・元禄元年

おもしろうてやがてかなしき鵜舟かな

蚤虱《のみしらみ》馬の尿《ばり》する枕元

四十六歳　一六八九・元禄二年

むざんやな甲《かぶと》の下のきりぎりす

蜻蜓《とんぼう》やとりつきかねし草の上

草の葉を落《おつ》るより飛螢かな

やがて死ぬけしきは見えず蝉の聲

四十七歳　一六九〇・元禄三年

海士《あま》の屋は小海老にまじるいとど哉

塩鯛の歯ぐきも寒し魚《うお》の店

四十九歳　一六九二・元禄五年

生きながら一つに氷る海鼠《なまこ》かな

五十歳　一六九三・元禄六年

Ⅱ　松尾芭蕉の老いと旅

老い

めでたき人のかずにも入《いら》む老のくれ

四十二歳　一六八五・貞享二年

衰《おとろひ》や歯に喰《くひ》あてし海苔の砂

四十五歳　一六八八・元禄元年

もの言へば唇寒し秋の風

四十六歳　一六八九・元禄元年

此道や行人なしに秋の暮

此秋は何で年寄る雲に鳥

旅に病んで夢は枯野をかけ廻る

五十一歳　一六九四・元禄七年

旅

狂句木枯《こが》らしの身は竹斎《ちくさい》に似たる哉

四十一歳　一六八四・貞享元年

年暮れぬ笠きて草鞋はきながら

酒のべばいとど寝《ね》られぬ夜の雪

四十三歳　一六八六・貞享三年

旅人と我名呼ばれん初しぐれ

いざさらば雪見にころぶ所迄

米買《こめかひ》に雪の袋や投頭巾《なげずきん》

四十五歳　一六八八・元禄元年

旅に病んで夢は枯野をかけ廻る

五十一歳　一六九四・元禄七年

此道や行人なしに秋の暮

解説　松尾芭蕉と山川草木鳥獣虫魚の世界について

松尾芭蕉は正保元年（一六四四）に伊賀国上野（三重県上野市赤坂町）に生まれる。

延宝八年（一六八〇）三十七歳

冬、深川の草庵に移り、宗匠生活から足を洗い、俳風の変化が始まる。この頃から、深川の臨川庵に滞在中の鹿島根本寺の住職仏頂《ぶっちょう》和尚に参禅する。ちなみに仏頂和尚は、当時あまりに美男子であったので、仏頂面《ぶっちょうづら》して歩いたという世間話もあったと聞く。

天保元年（一六八一）三十八歳

春、門人李下《りか》により芭蕉《ばなな》の株を贈られ、その草庵を芭蕉庵と号するようになる。ちなみに敬愛する中国の詩人李白にちなんで、芭蕉庵桃青と書いたりしていた。

芭蕉の句は岩波文庫「芭蕉俳句集」（中村俊定校訂）によれば九二七句である。元禄二年（一六八九）四十六歳で「奥の細道」の旅に出て、元禄七年（一六九四）五十一歳で十一月十二日死去。

このたび「山川」「草木」「鳥獣」「虫魚」「老い」「旅」に六分類し、任意に六十八句を選び出した。

山川　十一句
草木　十七句
鳥獣　十四句
虫魚　十二句
老い　六句
旅　八句

松尾芭蕉「雅俗論」を大学卒業論文として書いたのは一九五九年（昭和三十四）三月で、明治大学文学部日本文学科四年の時で、卒論指導は阿部喜三男先生で、友人に加藤楸頓があられた。阿部先生はしきりに、私に俳句を書くように勧められたが、俳句を書くのが恐かった。芭蕉の俳句を学生時代から現在までずっと読み続けてはいるが芭蕉は恐い。今でもそう思っている。比喩的に言えば、日本の詩人、世界の詩人、松尾芭蕉は富士山のように聳《そび》え立つ存在である。

芭蕉の句でだれでも知っている句がある。

古池や蛙飛び込む水の音　　　四十三歳　一六八六・貞享二年

古池に蛙が飛び込んだ、水の音がした。水の音がしたのである。蛙の姿はない。それだけのことである。池なので飛び込んだあとに水紋ができて、拡がっていったのであろう。

私はよく講演などで聴衆に向かって

「ではこの蛙はメスかオスか？」と聞く。

「答えはオスである。ボッチャン（坊ちゃん）という音がしたのである」と笑わせる。

先に私は、芭蕉が芭蕉庵にいる時、仏頂和尚に参禅した、と書いた。

最近、私は松尾芭蕉のことばに注目している。

○西行の和歌における、宗祇の連歌における、雪舟の絵における、利休の茶における、その貫通するものは一なり。（笈《おい》の小文《こぶみ》）

○俳諧は吟呻《ぎんしん》の間の楽しみなり。これを紙に写す時は、反古《ほご》に同じ。（俳諧問答）

○故人の跡を求めず、個人の求めたるところを求めよ。（許六離別詞《きょろくりべつのことば》）

○物の見えたる光、いまだ心に消えざる中《うち》にいひとむべし。（三冊子）

○かるきといふは、趣向のかるきことをいふにあらず。腸《はらわた》の厚きところより出でて、一句の上に自然にあることをいふなり。（俳諧問答）

○松のことは松に習へ、竹のことは竹に習へ。（三冊子）

このことばは禅のことばではないか。松尾芭蕉が芭蕉庵に在った時、仏頂和尚のところに参禅した折のことばではないのか。松尾芭蕉が編笠を被り杖をついて歩む旅姿はまさに禅僧の姿に重なる。

○

芭蕉の俳句の魅力はどこにあるか。

蜻蜓《とんぼう》やとりつきかねし草の上

四十七歳

とんぼが一匹、草の上にとまろうとしてとまりかねている。とまろうとしてとまれないでいる情景が目にとまる。芭蕉が屈《かが》んで、この様子を見ている姿が何ともいえず愛らしい。ほのぼのとした芭蕉の姿が大好きである。

草の葉を落つるより飛螢哉

四十七歳

草の上から落ちたと思ったら、そのまま蛍は宙に飛び上がったよ。「より」は、……するや否や、の意味。一瞬をとらえて、見事に活写している句。前句「蜻蜓《とんぼう》や」と同様、蛍の一瞬を捉えている。こうした昆虫の生態の一瞬を捉えた名句である。リアリスト芭蕉の面目躍如たるものがある。

改めて、好きな俳句を列挙してみよう。

明ぼのや魚白きこと一寸

四十一歳

秋風や藪も畠も不破の関

山路来て何やらゆかしすみれ草

四十二歳

名月や池をめぐりて夜もすがら

四十三歳

古池や蛙飛び込む水の音

五月雨に鳰《にお》の浮巣を見に行《ゆか》む

四十四歳

旅人と我名呼ばれん初しぐれ

四十四歳

草臥《くたびれ》れて宿かる比や藤の花

四十五歳

蛸壺やはかなき夢を夏の月

おもしろうてやがてかなしき鵜舟かな

ほろほろと山吹ちるか瀧の音

蚤虱《のみしらみ》馬の尿《ばり》する枕もと

四十六歳

閑さや岩にしみ入蟬の聲

むざんなや甲の下のきりぎりす

五月雨を集めて早し最上川《もがみがわ》

荒海や佐渡に横たふ天《あま》の河《がわ》

蜻蛉《とんぼう》やとりつきかねし草の上

四十七歳

草の葉を落《おつ》るより飛螢哉

やがて死ぬけしきは見えず蟬の聲

行く春を近江《おうみ》の人と惜しみける

塩鯛の歯ぐきも寒し魚《うを》の店《たな》

四十九歳

旅に病んで夢は枯野をかけ廻る

五十一歳

この頃、私は「芭蕉俳句集」（岩波文庫版）を手元において、毎朝パラパラと頁をめくり、任意の俳句を愉しんでいる。

私は八十歳を過ぎてから、真面目に芭蕉の俳句に立ち向かうのではなく、「軽み」「おかしみ」を楽しんでいる。

芭蕉の俳句は、一言でいえば笑いである。俳諧の俳は滑稽、俳諧の諧も滑稽である。

芭蕉の句を一句選べと言われれば、即座に次の一句をあげる。

此の秋は何で年寄る雲に鳥

五十一歳

なぜこの秋はこんなに年老いたと感じてしまうのか。空に雲、鳥が飛んでゆく。私の人生も行方定めぬ漂泊の旅の連続であった。

芭蕉の句の魅力にどっぷりとつかりながら、その句の魅力に圧倒されている。

第二部　日本鳥獣詩

はじめに

この「日本鳥獣詩」は、私がこれまで書いてきた詩の中から鳥と獣の詩だけを選んだものであり、私が前に出版した詩集『日本昆虫詩集』（土曜美術出版社販売　二〇一五年）と並ぶものである。

私の生まれ育った武蔵野の一隅にある東京都中野区鷺宮二丁目（現在の白鷺二丁目）は、昭和三十八年八月から九月にかけての大豪雨により妙正寺川が氾濫するまでは、豊かな自然に恵まれた農村地帯であった。

とくに高等学校を卒業した昭和二十九年三月頃まで、学校の行き帰りが楽しかった。

地元の鷺宮に現存する福蔵院や長屋門のある内田邸は思い出が深い。

福蔵院に現在もある花梨の木を描いた詩と内田邸を訪れたとき書いた「黄金の実」を掲げて、はじめの言葉としたい。

花梨の木――鷺宮・白鷺山正幡寺福蔵院

秋の夕暮れ　福蔵院の正門を入る
右手に十三仏　左手に花梨の古木がある
慶応二（一八六六）年九月、銀座一丁目
大和屋幸助刊行の和綴じの冊子
『ご府内札所八十八ヶ所「道知る邊」』の中
十四番白鷺山正幡寺福蔵院の頁に
振り袖姿の若い女ひとの傍らに
花梨の大木が既に描かれている
この花梨の古木は推定百八十年は経つ
いまも元気な花梨のお婆ちゃん

福蔵院の応接間で
グラスに入った蜂蜜漬けのジュースを
ご馳走になるわたし
—これが三十二年経った娘の木から採れた
花梨の果実で作ったジュースですわ
さっき境内で見た花梨のお婆ちゃんの娘の木から採った
甘いジュースを
鷺宮で生まれ育った七十五歳のわたしが飲む
すーっと喉元過ぎてゆくジュースの味
—木の歴史は人間の歴史でもある、か
一本の木に脈々と生き続ける生命を思う
—花梨のお婆ちゃんの孫の木が
お寺の南側の道路の向こう

お地蔵さんとお墓のうしろに
　十本植わっているのですよ
大黒さまが目を細めて言われる

鷺宮の回向の寺として
数多くの死者の葬儀、法要、戦争と
蝉しぐれや境内のすみれの花などを
じっと見続けてきた花梨の古木
木の幹の裂け目には
名樹医により施された白塗りの薬が塗られ
包帯のように布が巻かれている
花梨の古木の傍らに立ち
わたしは

木の中を流れている
いのちの音にじっと耳を傾けていた

黄金の実

七月上旬の朝
古老の内田さんちを訪ねた
長屋門を入ると
内田さんは庭に立っていた
いのちの宿るうす暗やみ
雑木の中には
まるで提灯の明かりのように
橙の実があっちにも
こっちにも吊り下がっている
足元にある鉢に睡蓮が咲いている

この白い花を今朝
カラスが持っていってしまったんだよ
いまもそこを蛇が這っていったよ
指さすところから
うす暗い植込みを覗きこむ
内田さんの頭の中には
まだ蛇がいるようだ
植込みの中は
うす暗く木が生い茂り
橙の実がいくつも吊り下がっている
味が苦くまずいので
小鳥も人も食べないのだという
食べられないので

黄金の実となって実っている
これは神のはからいであろう
春には屋敷の裏の道を通ると
この植込みでうぐいすが鳴いていた

平成二十八年四月吉日　中野区の白鷺の自宅にて

I

すずめのうた

戯れではないのに
まるであざけりの仕返しのように
銃やつぶての仕打ちで追い立てられるのに
いつまでも性こりもなく
庭先にやってきては
こぼれた米粒やパンをついばむ
その姿は懸命なのに
箱根の山にも富士山にもすまず

人里になじみ
枯れかかる樹木にとけこんでいる姿を
いとおしくも哀しみながら見つめている
すずめの小さな身内に秘められた知恵
死の擬態はいつ学習されたのか
忘れかけたとりの歴史がよみがえる
光る稲穂とともにヒトの殺意がめばえてくると
眼光のなかにそれを察知して
すずめはすぐに逃げるのだ
すこしも悪びれる様子はなく
愛されるのを期待するかの如く
すぐまた庭先にやってくるのに

黄金色の雀

きょうも雀の群れは
朝日を浴びて
東の空からやって来る
白鷺町のわが家の庭に降り立って
パン片を啄んでいる
一、二、三と数えてみると
今朝はなんと十七羽もいる
白く豊かな胸をふくらませ

どの雀もとても元気だ
陽の光に黄金色《おうごんいろ》に輝いている
やがて雀たちは
東の空のかなた
太陽に向かい
黄金の国に向かって
まっしぐらに
とんで
消えた

朝の鈴

春の朝
五時半に
庭のすずめが
朝の鈴を鳴らす
二羽やってきて
ほんのひととき
すみきった空気のなか
朝の鈴を鳴らす

晴れやかな
鈴の音にあわせて
わたしも
生きている
よろこびの歌を
うたう

土塊の雀

雀はもしかして
誰やらの投げた
土塊ではないだろうか

ぱっと投げられた土塊は
地面に落ちないで
空中で
羽が生え　脚も生えて

ふんわりと地面へ舞い降りて――
幻であろうか
いまも風塵の中から
雀が生まれて
大空へとび立っていった

雀

雀をつかむことは
できないことではないが
できることではない
雀を殺すことは
己を殺すことである

雀が自由自在にとんでいるのは
人間が自由に歩くことと同じである

熱い瓦屋根の上から
挨拶されてびっくりした
雀だった
雀の目にわたしが映っていた

風羅坊の雀

多摩川の
ススキの原の
一本の細いススキの穂先に
群れから離れ
雀が一羽とまっている
不確かな自分を確かめているのか

雀のいまいる位置は

不安定で
風に吹かれるススキの穂先
身体の重みで
茎は撓《しな》うが折れはしない

暫くは　此処に
こうして
生きている重みを確かめている
風羅坊の雀

＊笈の小文「百骸九竅の中に物あり。かりに名づけて風羅坊といふ。」

いいよどり

いいよ　いいよと鳴いているいいよどり
いいよ　いいよと鳴いていた
ついこの間は何がいいよだ、馬鹿にするなと
追い払ってしまったので
しばらくは何処へか行ってしまった
いいよどり

このとりが帰ってきて鳴いている

いいよ　いいよと
何故かこんどは親しみをもって
耳許でささやくように聞こえてくるのは
わたしが傷ついて
こころを閉ざしていたからだろうか
そしていま
ひとりの時間をもてるようになったからだろうか

あの時は
周囲《まわり》がみんな敵に見えて
強がりを言い
みんな追い払ってしまった
やさしい言葉にも敵意を感じて

つい口に出た言葉
なにがいいよだ！　と。

考えてみると　いいよどりは
いいよという鳴き声しか出せない哀しいとり
いいよどり
いいよどりとはわたしがつけた名前で
みんなはヒヨドリと呼んでいる
あの灰色のとりだ

今朝も
いいよ　いいよ　と
いいよどりの声が聞こえる

傷ついたこころに語りかけるように
優しく肩に手を掛けて勇気づける言葉のよう
いいよ　いいよと鳴いている

雀の舞踊

雀は舞い踊る
地面を踏み
つつつと小走りに歩き
地を軽く蹴り
空中で舞い踊る
地面にすっと立ち
首を伸ばし
遠くを眺める艶の姿

今日も
遠い宇宙の彼方から
庭にやってきて
道化の舞台を舞っている
一羽の雀

母のすずめ

「あのすずめ、他のすずめと羽がちがうようだね」
と七十一歳の母がいった
自分に言い聞かせるような、そのままことばが相手に
伝わらないで消えてしまうような口調だ
庭に来たすずめは羽がぬけ、くちばしも半ばあけたままである
わたしはいつも母が起きる前に家を出て
彼女が寝ついてからもどってくる
今日は久しぶりにくつろいでいる日曜の朝だ

「老いをむかえると、何もかもいつものようにはいかなくなってくるのよ」
と母と同い年の武田隆子さんがいった
いまは亡い村野四郎さんも、老いは急激にやってくるといった
そしてこうつけたした
「老いて春秋を耐えるのは大変なことですよ」
そんなことばをこころの中でくり返しながら
わたしは見つめているのだ
もう恐れと驚きの感覚を失ってしまい
一羽だけでやってきた
そのすずめを

尉鶲

柿の木の葉が庭に散りはじめた朝
食卓で新聞をよんでいた母が言った
　木がなければ鳥は来ないんだ
　本当にそうだね　と
自分に言い聞かせるように言った
今朝庭の柿の木に尉鶲が来たよ
おとついは昼間やってきたけれど、ね
もうすぐ八十一歳になる母がいった

わたしが五時すぎに起きたとき
母は柿の木の下で掃きあつめた落葉を
ビニールの黒いゴミ袋に
ひとりで黙黙と詰めこんでいた
そこに尉鶲はやってきた
お辞儀をし尾羽をゆすぶって
挨拶したのだ
胸と腹の赤橙色のとりは
　おい元気かい、気をつけてな
　じゃ、またくるよ、と
何時ものカッカッという鳥のことばで挨拶をして
他所へまた出掛けていったのだ

木がなければ鳥は来ないんだね
今朝庭の柿の木に尉鶲がやってきたよ
という母の声と一緒に
赤橙色のとりが
何時までもわたしのこころの中をとんでいた

第二部　日本鳥獣詩

すずめ断章

◯

すずめが障子に映り
影になって
とぶ。影が
光りになる。
鋭い叫び声！
光りのたまご

◯

すずめが
たまご型をした
自らの影をついばんでいる
その剽軽な動作で
生臭い罪を悔いるが如く
ときどき疲れて
細い首を伸ばす
馬のごとく

骨骨骨骨

九月上旬のある朝
庭の梅の木に
雀ほどの大きさの
コゲラが一羽やってきて
コツコツと幹を突突いている
木を点検するように
あちこちを突突いてまわっている

前の晩に
勢いよく鳴いていた
アオマツムシがコゲラを呼んだのだ
いつもは林の中で
木々を突突いているコゲラよ
キツツキの中で
一番小さなコゲラよ

キツツキは昔
寺ツツキと呼ばれ
ケラツツキになり
それがケラと呼ばれるようになった
木魚を叩いている僧の姿を想う

梅の木を突突いているコゲラ
コッコッコッコッ
骨骨骨骨　骨骨骨骨
生きる証しの音が聞こえてくる
快い九月の朝だ

第二部　日本鳥獣詩

鴉の日

寒い風の日
鴉は観ていた
電柱の上に止まって
昨夜は花のような臓腑を観た目で
憎悪に満ちた目で
通行人を襲う気迫で。
だが　あ奴は確かに俺だ
誰でも一度は鴉だったことがあるのだ（＊）

ちょうど今日はその日だ
悪いことだって何だって出来る日だ

＊村上昭夫「鴉」の一行

変容のカラス

ヒトはカラスが嫌いになったといって
追い払ったので
カラスはヒトの前から姿を消してしまった

しかし本屋の片隅の
鳥類図鑑の最後のページの限られた空間に
カラスはとんでいた
あるものは岩に休み

あるものは昔をなつかしむ姿勢で畑のタネをついばんでいた

初夏の週末電車に
喪服の数人の女性が走りながら乗り込んできた
新鮮な季節が喪服のなかに秘められた
それぞれの白い肢態をまぶしく輝かせ
言葉は唇から軽やかにとびかった
カラス！　わたしはつぶやいた
これがほんとうのカラスではないか
カラスはヒトに変身して人なつこく笑い、ざわめきヒトを無視していた

森の中でまぶしい緑がよみがえり
カラスは甲高い声で鳴いた

やがて
木の葉のざわめきがやみ、会話が途絶えた
駅へ着いたのだ
彼女たちは次々と降りて行った
森へ帰っていったのだろう

わたしのなかで
ヒトの言葉が木の葉のようにざわめいた
やがて
カラスの去ったあとの夕暮れのような沈黙がやってきた

第二部　日本鳥獣詩

鶺鴒

秋晴れの昼下がり
妙正寺川の遊歩道を歩く
鷺宮橋の下流の浅い川の流れの中に
一羽の鶺鴒が両足を浸かって立っている
急に羽ばたきながら
水浴びを始めた
一瞬あたりに水しぶきがあがった
いのちの輝き！

自然のダイヤモンドのよう
あたりに虹が走った
やがて水浴びした鶺鴒は
コンクリートの川辺にあがり
羽つくろいを始めた
羽つくろいを終えた鶺鴒は
燕尾服を着た男のように
颯爽と川の辺りを
長い尾を上下に動かす結婚の儀を
くり返しながら
足早に上流に向かって歩いていった

＊『古事記』八千矛の神が沼河比売に求婚する所で、天の馳使いの鳥「石叩」が出てくる。

眠り狂四郎という名のヒヨドリ

今朝も一羽のヒヨドリが
わが家の庭で身を低く腹這いになって
羽をこきざみに震わせて
雀たちを威嚇していた

台所で使った俎板の餌台の上に
まかれたパン片にやってくる雀たち
その雀たちに餌を取られないよう

睨みをきかせるヒヨドリ一羽
私が眠狂四郎と名付けた鳥は
円月殺法さながらに
雀たちの頭上に急降下して追い払う
お正月の元旦にやってきてから
もう七日になる

今朝も百日紅の木の枝から
庭で餌を啄む七羽の雀たちの
頭上を襲い　追い払い
ひとり占めして餌を啄むヒヨドリ
パン片を啄みながら辺りを窺っている
突然うしろを振り返り威嚇している

ゆっくり食べられやしない！　と
イライラと羽を震わせている

でも　こうしてお正月から毎日
一週間も見ていると
雀は二羽の夫婦できたり
七羽だったり十二羽だったりする
その雀もみんな溌剌として元気
みんな庶民のような姿で
ヒヨドリの威嚇も
虚仮威しの仕草と見破っているよう
ヒヨドリと雀たちの
鬼ごっこのようにみえてくる

微笑みながら眺めていると
毎朝いちばんに挨拶にやってくる
雀の賢吉・稲子の夫婦も群れにいる
みんなきれいに身づくろいをして
頭も羽もつやつやしている
鬼になったヒヨドリが追いかけると
雀たちは四方に散って
また餌台に寄ってくるくり返しだ

まいたパン片も食べつくされた庭
物置の屋根の上に並んだ十二羽の雀たち
群れの中にあの賢吉・稲子がいる
やんちゃなチュン助、おちゃめな鈴子もいる

みんな茶色のどてら姿で勢揃い
懐手をして陽に当たっている
眠狂四郎は、と見ると
色褪せた灰色の着流し姿
一羽で淋しそうに柿の木の枝にとまっている
あの威張っていた姿はどこへやら
寒さに震えているように観えてくる
可哀そうな鳥にみえてくる

第二部　日本鳥獣詩

天の声

青い空
白い雲の彼方から聞こえてくる声
アホー　アホー
アホー
——阿呆になれや
　阿呆になれや
天から
カラスの声が聞こえてくる

II

うさぎ

秋の宵
うさぎが庭先にやってきた
金魚のいる水槽の縁に
前足をちょこんと乗せて
水槽の水をおいしそうに飲んでいる
水面に映った月が
生卵の黄味のように
うさぎの喉を通ってゆく

三日月が
天空であごをしごいて見ている

庭のうさぎ

庭先に立つと
庭の雑草の中にいた
うさぎが私を見つけ
一目散にやってくる

わたしの一メートル程手前で
ぴょんととび跳ね
身体をくるり

半回転させてから着地する
私と再会したよろこびを
身体全体で表現する
可愛いうさぎ

足許にやってきて
蹲るうさぎの背中を
そっとなでると
耳を垂らし
目を閉じて
うっとりと
身を委ねてくる
愛しいうさぎ

うさぎを抱くと
赤ちゃんのように
ずしりと重い
いのちのぬくもり
私の胸で
ゆったりと眠るうさぎ

第二部　日本鳥獣詩

さそりの親

さそりの親が
大きな身体にたくさんこどもをのせて
こどもに身体をたべられていた

さそりの親は
たくさんの動物をころし
その肉をたべて大きくなった

こどものときは
親の肉をたべて大きくなった
こどもたちがみんな離ればなれになると
さそりの親は
いつの間にか見えなくなってしまった

蛇——山形・湯殿山ホテル

白蛇は樹林に寄らず
地にも伏さず
一杖となりて
旅人の脚下を照らす

第二部　日本鳥獣詩

しっぽ

路傍で拾った光り跳ねているとかげのしっぽ　家に持ち帰って牛乳ビンの中に入れると　その中でも跳ねている　夕陽を浴びて跳ねている　真夜中にそっと覗いたときも跳ねている

夢の中でわたしはしっぽにかこまれた　たくさんの色のあるしっぽが跳ねている
赤は〈生命〉のしっぽ　青は〈死〉のしっぽ　黄は〈苦悩〉のしっぽ　わたしは
青いしっぽにつまずいて目が覚めた

わたしはしっぽを棄てに行った　放り出してもまだ跳ねている　角を曲がるとき
振り向いて唖然とした　しっぽは動いていない！　しっぽはわたしが見　わたし
が夢に見るときだけ動いていた

敵《かたき》

川流れの弱った赤とんぼを
川面に目だけ出していた蛙が
パクリと食べた
おたまじゃくしの時
とんぼの幼虫ヤゴに
いつも脅かされていた
蛙だった

蛙の姿勢

両手をついて
おとなしくしているが
油断は禁物！
次の瞬間
とびかかるかもしれぬ
逃げ出すかもしれぬ姿勢である

第二部　日本鳥獣詩

老蛙

山奥の古池の辺り
いぼいぼで
いかにも古老の蟇
口をぎゅっとむすんで
目をつむり　無の境地
蟇の老僧か　と見たが
近寄ると　半眼微笑
口をへの字に曲げてはいるが

これはしたり！
その口許に赤とんぼの翅が覗いている
なおもよく見ると
必死に笑いを堪えている蟇である

バンザイ

少年のぼくは
トンボを捕まえ糸に縛って
カエルを釣った
釣ったカエルを地面に叩きつけ
脚指からつるりと皮をむき
ヒモに吊るしてザリガニを釣った
釣ったザリガニのしっぽを千切り
仲間のザリガニを釣った

釣られた仲間のザリガニは
どれもこれも　みんな
バンザイして釣り上げられた
バンザイ　バンザイ
バンザイは降伏の姿勢であった

たぬきの月

七月のはじめ
紅いハイビスカスの咲く
わが家の庭にたぬきが現れた
曇った晩で
小鳥に撒いたパン片を食べながら
ときどきこちらを眺めている
何処からやってきたのだろう

ガラス戸越しに
夕餉の食卓から
わたしは家内と眺めている
外灯の光りに浮かび上がる
のっそりした風体のたぬき
目だけが光っている

東京　中野の閑静な住宅街
たぬき親父になれなかった
痩せた夫と
たぬきにはなれそうもない
優しい還暦の妻の夫婦
月を眺めるよう

ふたり並んで
生活の疲れを忘れて
たぬきを眺めている
ほんのひととき

背の丸い
のほほんとした
憎めないおとぼけ顔のたぬき
曇り空の夜の
まあるい月のようなたぬき

第二部　日本鳥獣詩

たった一度の誤ちが――

頭のいいねずみ
天井裏を走り
台所　神棚　仏壇にある
食べ物や果物を食べ生きてきた
仕掛けられたねずみ捕りの罠を
避けて生き続けてきた
粘着版のねずみ捕りには
家人がよく引っ掛かり

靴下を何枚も棄てた

長生きをしたので
毛並みの美しいスマートな身体と
自慢の長いしっぽ
敏捷な身のこなしと逃げ足の速さは
群をぬいていたねずみ

冬のある夜　九時頃に
台所に姿を現わしたねずみは
鼻をうごめかし　台所の床を走り
廊下に出ようと粘着版をジャンプした
つもりが

自慢のしっぽがねずみ捕りにくっついて
転んだはずみで
美しいおおきな身体が
ぺったり粘着版に貼りついてしまった

長生きして育ってきた
長いしっぽが皮肉にも仇となり
恰好いいねずみは
不様な恰好で血を吐いて死んだ

第二部　日本鳥獣詩

眠り猫

——日光東照宮

左甚五郎が彫ったと伝えられる
眠り猫が眠っている
そのうしろの見えないところに
雀が二羽とんでいる
(裏にまわって見るとわかる)
左甚五郎は
何でも知りぬいていて

眠り猫だけは表に彫った
彼の優しいこころは
人目につかないところに
二羽の雀を遊ばせている
(これが本音でいいたいところだ)

猫が眠っているので
雀たちは安心して
とんで遊んでいられる

本当は
雀は眠りたい

猫は起きて
雀を追いかけたい

猫が眠っている
本当に此処では
猫は眠り続けなければいけない
そして雀は
とび続けなければならない

第三部　わが人生と詩作

I　詩のこころ――芭蕉・道元から現代まで

まずは、「おしっことうんち」の話から始めます。運と縁のあの運がつくように。有名な芭蕉の句に「蚤《のみ》しらみ馬のばりする枕もと」という句があります。「ばり」というのは、おしっこのことです。旅をして眠る所がないので借りた所が、蚤しらみ馬がおしっこをする枕もと。でも、芭蕉のよいところは作品が汚くない。笑いがあるんです。芭蕉の俳諧というのは、滑稽、笑いという意味です。だから芭蕉の書いているもの、芭蕉を読んでいると私は救われる。

今日お話しする道元という人は五十三歳で死ぬんですよ。一二〇〇年から一二五三年、今から八百年くらい前の人です。一方芭蕉という人は一六四四年から一六九四年、今から三百二十年くらい前の人です。このお二人の話が中心になります。

鶯《うぐいす》や餅に糞する縁の先

縁側にお餅があるんですね。そこに鶯が糞をする。鶯の糞。汚くないんですよ。女性の方はご存知でしょう。鶯の糞というのはお化粧に使ったんですよね。馬のおしっこ、鶯の糞をするという運のつくお話です。これから本題に入ります。

○道元禅師と「而今」

道元の言葉の中に「而今《にこん》」という言葉がある。「而して今」と書く。現在は過去になってきますよね。道元は言っているんです。「にこん、而今」というのがとても大事だ、と言っている。また、道元の書いている本の中に「正法眼蔵随聞記」というのがあります。学生時代に読んだ本ですが、あの中に、これは原文を声を出して読んだ方がいいんです。

「嘉禎二年臘月除夜、初めて懐奘を興聖寺の首座に講ず。即ち小参の次、乗払を請ふ。初めて首座に任ず。即ち興聖寺最初の首座なり」これが出だしの文章です。

現代文で分かりやすく水野弥穂子さんが訳しています。そこの一部を読みながら、ちょっとお話を致します。

「一二三六年の十二月二十九日、夜初めてですね『正法眼蔵随聞記』というのは懐奘《えじょう》という人が書いたものです。懐奘というのは道元より年が二つ上です。そのお弟子さんが書いた文章の中でちょっとだけ紹介します。口語訳のほうですね。

お説教をですね。これからしなさいというようなお話をなさった中で、首座は新参者を気にしてはならない。経験の浅いことも心配してはならない。

扮陽の門下はわずか六、七人。薬山の門人は十人に満たなかった。しかし、当たる音を聞いて道を悟った香厳智閑禅師《きょうげんちがんぜんじ》、竹林を掃いていたら石がコチンと竹に当たった。これで悟りを開いた。これが香厳智閑禅師です。

それから桃の花を見て、心を極めた霊雲志勤禅師《れいうんしごんぜんじ》のことを考えると、何で竹に頭がいいとか頭に悪いとかがあろうか。

ここで詩誌「風」主宰の土橋治重さんの出した詩集『花』のことを思い出します。日の丸の旗は白地に赤くですが、土橋治重詩集『花』は、黒地に白ですよ。真っ黒い所に白で「花」と書いてある。私は土橋さんの詩集をたくさん読んでいます。『花』、『葉』、『茎』、『根』などありますが、あの詩集『花』が一番よいと思いますね。詩情といのちがひとつになっているんですね。詩はいのちなんですよ。

人間はどうやって生きるか。道元の言葉に「只管打坐《しかんたざ》」、というものがあります。ただ座れということです。

大木実さんが講演で言っています。「ただ詩を書きなさい。ただ座るように、詩を書きなさい」と言うんですね。詩って、後でも触れますけれど、詩は書くのではない。最近私、詩は何だかかわからないが湧《わ》いてくる。詩が湧いてくるんです。心の中から。詩をね、原稿用紙に向かって書こうというのではない。

道元禅師の言葉に「学道を志すものは常に貧たれ」という言葉がある。貧しいということは大事なことです。日本の貧の文化を書いたのは中野孝次でしたね。やはり日本の文化は貧の文化と、ある意味では言えましょう。

○主観と客観

芭蕉の関わる本の中に『去來抄』というのがあります。『去來抄』の中に、去來と凡兆の二人が話し合ったんですね。

芭蕉がどちらか一つ採ってくださいと言ったのはこういう句です。

病雁の夜寒に落ちて旅寝かな

という句です。ちょっと病気をしてしまって雁みたいに病気で寝ているよという意味です。

もうひとつが

海士《あま》の屋は小海老《えび》にまじるいとど哉

前の句「病雁の夜寒に落ちて旅寝かな」これは主観の句。ところが客観的なものはですね。「海士の屋は小海老にまじるいとど哉」。

「いとど」って小さな飛びはねる虫ですよね。海士の住む家に、海老のいっぱいいる中にいとど、かまどうまが混じっている。これは客観的な句ですよね。

主観句は私は病気して、病む雁のように今旅で寝込んでいるよ、こういうのです。それをどちらか一つ選べと言ったんです。そしたらですね。未來と凡兆は二人で話し合ったが、二人が譲らなかったので二つとも、『猿蓑《さるみの》』に入ってしまった。

その時に芭蕉はなんで二つも取り上げるんだと言った。芭蕉はどちらか一つと言った、言ったけれど二つになった。その後ですね。芭蕉は笑ってですね、「同等の土俵で論じるから二つになるのだ」と二人に言ったんですね。

これが、後々になって高浜虚子が明治三十七年の俳話の中で、「今日の俳句は純客観的な句が多くて、したがって、材料の複雑なものが多い。主観的な句を作る方に成功しやすい風向きがある。冷静な人、客観的な人が、主観的な句を作るのを難しいとして、純客観的な句を安しとすることは、全く反対の傾向である。それぞれの興ずる処に向かうのが良いと思う」。

まあ両方に手をあげているのです。

詩を書いている人は、主観か客観か、簡単に言えば、主観という考えは「私はこう考える」というのが作品に入っているということ。これに対して「本人の意見でなくて皆がだいたいそう考える」というのが客観なんです。

○個人的なことで普遍性のある詩を

さて、私が若い時書いた詩がいろいろな所で、新川和江氏や伊藤桂一氏などに引き合いに出される詩があります。

かつて山の切り通しであった坂道で

この坂は私の父を苦しめた坂だった
この坂の向こうの山に狐火《きつねび》がついて荷車を引いた学校帰りの父が恐怖にかられたことを私は父から何度も聞いた
またこの坂は父が人を救った坂

アルコール中毒の初老の男が女房を殴りつける家が坂の片側にあって父が助けに行った
また私の姉と一緒に買物に行って姉のアルバイト先に勤める奥さんと出会った坂だ
私っておっちょこちょいなんだからと……
大きな声で皆を笑わせながら
階段から落ちたと言っていた奥さんが
実は夫に階段から突き落とされたんだ
と聞かされた坂でもある
泣きながら母親と一緒に実家に帰るんだという
そんなことのあった坂だ

坂の上に立って
個人的な事なんか書いたってなんになるといったひとに
個人的な事なんだから書くのだと
私は言おう

私の住んでいるところに、私が小学生の時は、天神山という山があって鷺宮の福蔵院、鷺宮八幡神社から続いていた。今の杉並区の井草下橋の所まで山が続いていたんです。その途中に坂があった。その坂は私の子供のときは山でした。ただ、子供のとき、そこが削られ少し水がちょろちょろ流れていた。今はそこが立派なコンクリートの坂になっている。歴史があるんですよ。

姉が、三年ほど前パーキンソン病で亡くなりましたけれど、近くにかばん屋さんがあって、そこの家にアルバイトに行っていたんです。そこに一緒に勤めていた女の人がね、私っておっちょこちょいなんだから、階段から落ちて骨折したと言ったんです。それを笑って「私はおっちょこちょい」なんですと言って、みんなを笑わせていた。私が姉さんと歩いていて会ったときはその女の人はお母さんと実家に帰る姿だったのです。私はやはり、実際にあったこういうことを詩に書かないといけないと思いました。

○

昭和三十四年三月に大学を出て、金融機関に勤めたとき、お昼休みに、お昼の食事を十五分位ですませて四階に大きな会議室があって、そこに行って目をつむってイメージが残る練習をしました。最近になってある経営者の方が映像を心の中に描く、イメージを心に描く訓練をやっていたと聞きます。

いま私は、十年前の出来事などパッと頭に浮かぶんです。毎日訓練しているのは、例えば十人くらいで会合をしているでしょう。家に帰って、目をつぶると会合をした情景が全部出てくるんです。頭の中に。訓練すればできるのですね。

この間も小説を読んでいたら「筵《むしろ》」という字が出てきた。すると、小学生の時、近所の農家の庭で筵を敷いて、夏にヘボ将棋をやっていると、近くの雑木のなかで蛇が蛙を飲みこむのが見えた。それを思い出しましてね。

経験をしたことを詩に書くときにイメージがあり、こうした経験したことが残るように人を感動させるように書く。練習を六十年かければ誰にも書けるようになる。しかし、テーマは大事ですね。

○

詩集『かなかな』(花神社刊)は、一九九四年(平成六年)十月、愛知県豊橋市制定の『丸山薫賞』第一回を受賞した。

この第一回「丸山薫賞受賞詩集『かなかな』」の中から何篇か紹介します。

石を投げる

学校の帰り
少年のわたしがいつも通る道には
苛めっ子がいて
小石を持って待ち伏せしていた
わたしが通ると
小石を投げてきた

あるとき
友達とふたりで
苛めっ子をやっつけてやろうと
小石をひろい集め
苛めっ子に向かって投げ続けた
ところが彼は
すいっすいっと身軽によけて

わたしたちが投げ終わると
たった一人でこちらに向かって
勢いよく走りながら
次々と石を投げて来た

この苛めっ子は
実は左目が潰れていた
左の目はまったく見えない
片目の少年であった

この少年はいま
わたしのこころの中にいる
潰れてしまった左の目には
いつも涙が溢れていて
小石を拾い集めては
暗い海に向かって

投げている

こういう詩です。苛めっ子だけれども、結局ね、いつか覚えた知恵ですよね。こっちが全部投げ終わってから、こちらにたった一人で向かってくる。でも、目が片目しか見えない子供だった。話は変わりますが、空気銃って知ってますか。

まだ私が小学生の五・六年生の頃、空気銃を撃って雀が獲れた。今は使うには許可が要りますが、近所の親戚の人などが空気銃を撃ってうちへ持ってきたことがある。今も近所でお元気で住んでいるお兄さんが空気銃を持っていました。

その近所のお兄さんが、「玉は入っていないから撃ってごらん」と言ったので私が撃ってしまったという詩がある。今も非常に後悔しています。これも『かなかな』に載っています。

ひとを撃つ

わたしはたった一度だけ

銃でひとを撃ったことがある
T青年の持っていた空気銃は
少年たちの憧れだった
そのずしりとした銃身
交代で持たせて貰った
空に向かって目標を定めて
撃つ仕草をしたりした
当時
垣根は茶の木が植えられていた
その垣根の西の端
隣接地との境にある
木の股に銃身を固定して
わたしは引き金に指を当て
獲物を撃つ真似をしていた
耳元でささやく声がした
大丈夫だから撃ってごらん　弾丸は入っていないから……

わたしは目標を定めた
向こうからくる幼児を撃った
火のついたように泣き叫ぶ男の子
かけつけた母親が大声で叫んでいる
わたしはどうしてよいか判らなかった
鞄を背負って一目散に
小学校へ走っていった
あれから四十年ほどになる

冬のことで
わが家の庭から富士山がよく見えた
石焼きの石を新聞紙にくるんで
しもやけの手を暖めたりした頃である
厚着をしていたので
弾丸は貫通せずに

途中でとまっていたという

冬になると
荒れてくる手の甲に
浮き出た血管のなかを流れ
わたしの中を流れている血が騒ぎ出す
—大丈夫だからやってごらん　大丈夫だから

これは終戦後すぐのことですね。

私がですね、小学校三年の時に、私の家の横の畑に爆弾が落ちました。昭和十九年十一月二十四日、家の下に防空壕を掘っていた斜め横のH家では、地下の土がストーンと落ちて死者が出た。東京都中野区で初めて死者の出たB29の落とした爆弾でした。

そこは、私の家の北西に当たる所の家ですが、私の家の真北の家には焼夷弾が落ちて、みんながそちらへ消火に行った。お昼頃です。煙は見えるから皆そちらへ行ってしまった。床下に防空壕を掘っていた家の人が生き埋めになって多数の死者が出た。

その中で生き残った子があの男の子なんです。生き残った子を撃ってしまった。だからお母さんが泣き叫んでね。私は急いで学校に逃げてしまったけれど、でも悪いことをしたと思っています。

その後、中学校の同窓会に行くと、私が撃った子が出席していた。だから謝ったんです。名前は孝《たか》ちゃんというんです。「孝ちゃん、ごめんね」というと「いや、そんなの忘れちゃった」と。その孝ちゃんはその後、癌で亡くなりました。

私の人生の中で、いろいろな人が私のところを通り過ぎていきますが、私の経験の中では、やはりいつも作品に残して置きたいなと思ったものは作品にします。また、これというきまったことはなく、テーマを与えられればそれに沿った詩を書きます。

この間も「コロッケ」という詩を書きました。「コロッケ」という詩を雑誌に書いたのは、私の一番下の弟で十三回忌が済んだのですが、彼が五十五歳のときです。私が十二歳年上です。

二〇〇二年三月に中野区のある会に出て、うちに帰って夕食を食べていたら、玄関を叩く音がする。出てみると、近くのラーメン屋さんが「あなたの弟さんが今、救急車で運ばれましたよ」と知らせてくださった。

私は急いでとび出して事故現場へ行ったら、もう警察が来ていて新宿の病院へ救急車で運ばれたという。私はスリッパを履いたまま病院へ行ったんです。財布だけ持っていたのかな。あとは何も持たないで、すっ飛んで行った。そうしたらもう心肺停止で、弟は翌日の朝亡くなりました。そのことを、この間、詩に書いたんです。どうしてかというと、横たわっている弟を前にして座っていたら、警察の方が外で待っていてくださいと言うので待っていた。すると「これ弟さんの身につけていた物全部です」と四十五リットル入りのゴミ袋に入ったものを渡されました。鞄と着ていたものと、それから靴と薬。薬屋さんに行った帰りに事故にあったんですね。

後でわかったのですが、本人が一番悪いのですが、お医者さんに、「大分良くなったよ」と言われ、自転車で帰ろうと思っていたら、途中で飲み屋のおかみさんに呼びとめられたんですね。「ちょっとあなた、久しぶりだから寄っていらっしゃい」と言うんで、一杯飲んじゃったんですね。お酒を。これは後で分かった。ふらふら自転車に乗って帰る途中で倒れ、亡くなったんですが、人間って、身に着けているものは、四十五リットル入りの袋に入る。

そして、弟の奥さんやお嬢さんが土曜日だったので遊びに行って、夜おそく自宅に帰りこのことを知り、夜の十一時半頃病院に来た。私が、四十五リットル入りのゴミ袋に入った弟の所有物一切を渡してから、お巡りさんが帰るときにね、「お兄さん、コロッケを警察で預かっているから、家の方が警察に行って貰っていってください」そう言ったのです。それを去年、詩を書くときに思い出し「コロッケ」という詩を書いた。

もしかしたら、普通に考えれば、子供や家族が皆遊びに行っているから、体も良くなったから、家に帰ってコロッケを食べようと思ったのかな。ところが今言ったようなことがあって、コロッケが残ってしまった。それでコロッケの詩を書きました。体験をしたことを個人的なことというけれど、「個人的なことで、やはり普遍性のあること」、そういうものを、私は詩に書きたいなと、思います。

○小動物に魅かれる

私は、小動物をいっぱい書いている。一昨年、共産党の機関紙「赤旗」新聞に、私を紹介してくださった方がいて、去年本になりました。その詩が「いいよどり」です。

いいよどり

いいよ　いいよと鳴いているいいよどり
いいよ　いいよと鳴いていた
ついこの間は何がいいよだ、馬鹿にするなと
追い払ってしまったので

しばらくは何処へか行ってしまった
いいよどり
このとりが帰ってきて鳴いている
いいよ　いいよと
何故かこんどは親しみをもって
耳元でささやくように聞こえてくるのは
わたしが傷ついて
こころを閉ざしていたからだろうか
そしていま
ひとりの時間をもてるようになったからだろうか
あの時は
周囲がみんな敵に見えて
強がりを言い
みんな追い払ってしまった
やさしい言葉にも敵意を感じて
つい口に出た言葉

なにがいいよだ！　と
考えてみると　いいよどりは
いいよという声しか出せない哀しいとり
いいよどり
いいよどりとはわたしがつけた名前で
みんなはヒヨドリと呼んでいる
あの灰色のとりだ

今朝も
いいよ　いいよと
いいよどりの声が聞こえる
傷ついたこころに語りかけるように
優しく肩に手を掛けて勇気づける言葉のよう
いいよ　いいよと鳴いている

ヒヨドリの鳴く声を聞いていると、いいよ、いいよと聞こえませんか。それからハッピー、ハッピーと鳴いている鳥もいます。こちらの主観で物を見て、あるいは聞いているとそういうふうに聞こえてくる。

○気になること

最近は年をとりましてね、いろんな方から何かあったりすると、お電話を頂く。今から四年前、二階の階段から落ちてろっ骨を折って立てないんですね。そうすると、毎日ね、ある方からお電話を頂くんです。大丈夫？　お元気って。ところが、座っているんですが、電話器を取るには、立ち上がらないといけない。ろっ骨が痛いんです。でも毎日電話をかけてくる。私はですね、病気をしている方には電話をしないことにしています。病気をされている方は大変だなと思っても、私はじっと我慢をする。どうしようもなかったら手紙を書く。

二〇一六年四月十四日に熊本で大きな地震がありました。亡くなられた方につつしんで哀悼の意を表します。こころからお見舞を申し上げます。

ある時、浦和駅を降りてきたら、小さな子が「熊本の被災者への募金」を呼び掛けていた。二列に並んでいた最初の列の一番小さい子供の箱にお金を入れて頭を撫でてあげた。

地元の小学校で学校評議員会があった時のことです。私も学校評議員のひとりです。新年度の教育方針を伺ったあとで話に出たのですが、今、学校の子供たちは、尊敬する人がいないという。

昔はいたでしょう。野球だったら何とか選手とか。憧れの人が今はいないんです。どうしたらよいかという話になったが、結論は出なかった。

私は、東京中野区の鷺宮に住んでおりまして、『鷺宮文化村』という冊子を作りました。三年かけて七十ページの冊子を作ったんです。友人に送ったら、みなさんが「ふるさと鷺宮を彩る人々」としては、プロ野球で大活躍をした榎本喜八さんをあげていました。あの方は私の従弟なんですが、今でいうと、メジャーリーグで活躍している「イチロー」かな。安打製造機ですよ。オリオンズで、足はそんなに速くはなかったのですが、新人王になりましたし、とうとう殿堂入りしましたね。

おかげさまで、毎日いろんなことが起きますけれど、やはり原点はすべて言葉ですよね。

芭蕉は一時、客観句をたくさん作りましたが、談林派の西山宗因などとやっていた頃は、滑稽、お笑いのね、俳諧を書いていた。ところが最後は、人生と結びつけた主観の句になっていった。芭蕉は五十一歳で死ぬんですが、丁度旅に出る直前、四十四歳の時、徳川綱吉の出したお触れ、「生類憐みの令」が運悪く、旅に出る貞享四年に発令されるんです。だから、ね。芭蕉には、全部調べた訳ではないが、犬の句は無い。お犬様だからね。調べると、結構面白くなります。

村上昭夫という詩人がいます。村野四郎が現代詩人会の役員であった時に詩集『動物哀歌』で第十八回H氏賞を受賞している。今は選考委員を選んで選考していますが、当時は理事会で決めていたんですね。村上さんは、理事会でH氏賞をもらっています。

今は独立しています。平沢貞二郎さんが作った賞なんですよ。

○

たまたま終戦直後、平沢貞二郎さんが村野四郎さんと日比谷かどこかでばったり出会った時、平沢さんが少し金があるから、何かに使ってくれないかと。じゃあ戴きましょうと言って始まったのがH氏賞です。平沢貞二郎さんの「H」を取ったのです。なぜ、匿名にしたのかというのは、平沢貞二郎さんのご次男の平沢照雄さんです。

当時は、プロレタリア詩人の平沢貞二郎さんはレッドパージや赤狩りなどで匿名にせざるを得なかったというんです。

H氏賞の基金は、最初は利息でまかなっておりましたが、金利が下がり元金をくうようになり危機を迎えました。平沢照雄さんのご尽力により、いまは潤沢《じゅんたく》に運営されている。

○村上昭夫と石原吉郎の詩について

村上昭夫の詩は、病気をしてずーっと病気で、北畑光男さんは研究を「雁の声」でやっておられるが、村上昭夫は、動物に例えて、自分の人生をいろいろ書いている。そういう中で、こおろぎの詩を書いている。

黒いこおろぎ

村上昭夫

私らの苦しみは
黒いこおろぎの黒い足のつまさきの
一万分の一にも値しない
私らの考えていることは
黒いこおろぎの黒いつま先の
一万分の一にも値しない
世界はまだできあがらない

黒いこおろぎなのだ

やっぱり感動しますよね、こういう詩を読むと。昔は短歌とか俳句は、「療養短歌」、終戦直後なんかにはあったですよ、ね。病院に入院されている方が療養所で書くから「療養短歌」、「療養俳句」。そうではなくて、こういう詩、、村上さんご本人は病気ですが、詩は健康ですよ。やはり救いがあります。

私たちは詩を読んで感じるのは、その人の思いや何かが届く、良い詩というのはみんなに届くんです。

石原吉郎さんが詩集『サンチョ・パンサの帰郷』で第十四回H氏賞を受賞した時は六十歳を超えていました。シベリアでの抑留生活を詩で表現した詩集でしたが、その石原さんの詩で、私が一番好きな詩があります。

「フェルナンデス」という傑作です。

このフェルナンデスという名前について、石原さんがある時、語っていた。

こういう詩を書きたい。椅子に座っていて、背中が温《あたた》かくなるような詩、ずいぶん昔のことだと彼は書いている。もしここに、一人の優しい男がいて、ある日壁にもたれてどこへともなく立ち去ったとしたら、彼がもたれた硬い壁に多分、温かく柔らかいくぼみがあったんじゃないかね。壁にもたれていたら、そこが少し温かくなっていた。それでそういう詩が書きたくなった。

ほど経った。

「主観と客観」ということを、背中の温かみを一篇の詩にしたい。そういう想いを抱いて、十年ほど経った。

ある日、渋谷かどこかでしょう。背中の温かみを感じる詩を書きたいと思っていたら、突然フェルナンデスという言葉が浮かんだ。それで一気に書いた。物を見て、詩を書くのではない。心に思っていたことをですね、一篇の詩に表わす。で、書いたのが「フェルナンデス」という詩です。

フェルナンデス

石原吉郎

フェルナンデスと
呼ぶのはただしい
寺院の壁のしずかな
くぼみをそう名づけたひとりの男が壁にもたれ
あたたかなくぼみを
のこして去った

〈フェルナンデス〉しかられたこどもが
目を伏せて立つほどの
しずかなくぼみは
いまもそう呼ばれる
ある日やさしく壁にもたれ
男は口を　閉じて去った
〈フェルナンデス〉しかられたこどもよ
空をめぐり
墓標をめぐり終えたとき
私をそう呼べ
私はそこに立ったのだ

背中のね、壁に寄り掛かった時の背中のくぼみの温かさを何とかして書こうとした詩です。あの石原さんのシベリア体験で書いた詩の多くはですね、非常に悲惨な詩が多い中で、こんな温かい詩も書いたのですね。

杉克彦という詩友が死んだ時、私がお通夜の晩に会ったのは石原吉郎さんと吉野弘さん。お二人とも「菊田さん、何かあったらお手伝いしますよ」と言ってくださって、お葬式の時もそうですが、お寺で石原さんが「菊田さん、杉克彦さんの生前の声を録音したのがあるから、みんなに聞かせたいと思う」と言って、お寺でその機械を借りて杉克彦さんの生前の声を聴かせてくださった。そういう優しさが石原さんの晩年にはありました。彼の最後は、湯船の中で自決してしまったのです、自決。彼は、奥さんともども、キリスト教の信者でね、今でも思い出します。石原さんの非常に厳しい面、『望郷と海』という本があります。今は絶版になっています。その中の石原さんというのは、シベリア体験の厳しい生き方、そういう中にあって、こういう優しい詩が書けた。というようなことを考えると私は、やっぱり人間って、複雑なものだと思いますね。

それからもう一つは、村野四郎さん。私は十九歳で詩を書き始めました。北川冬彦さんの書いた、角川新書の『現代詩1』という本を大学一年の時、御茶ノ水の本屋で立ち読みしてからのことです。北川冬彦さんは短詩運動と詩劇をやっていたんです。北川冬彦さんは大陸的な男でね、ゆったりしていました。私は大学時代、詩誌『時間』同人でしたが、大学卒業と同時に『時間』をやめてしまいました。北川冬彦という詩人は懐の非常に深い男でした。

でも残念ながら、北川冬彦の詩が残らないのは、細かいことは別にして、H氏賞事件とか言われて、北川さんは詩壇から没にされてしまった。

北川冬彦のダンテ『神曲』訳の本とかね、いい仕事はいっぱいあります。その北川さんの最後の頃、北川さんの座っている床の間に絵があった。あの時、「無限」という本が出た。その創刊号に、北川さんの床の間に飾ってあったアンリ・ミショーの絵が載っていました。北川さんについては、私なんかより高橋次夫さんに聞いた方がよい、よくご存知です。

○村野四郎の「鹿」の背景

村野四郎さんのご長男、村野晃一さんは、今もお元気です。私は三十五歳くらいから毎年、年に二、三回は武田隆子さんと村野邸に伺った。

武田隆子さんは、私の母と生年月日が十日しか違わない。私の母は明治四十二年一月四日、武田さんは一月十四日だった。その武田さんが私を引き回してくれまして、いろんな人の所へ、北川冬彦さんの所も村野四郎さんの所も、上野菊江さんの所も連れていってくださった。新宿の深尾須磨子さんの家も訪ねて行った。「ひとりお美しいお富士さん」という詩を戦後に書いています。フランスによく行っていらした。私が武田さんと行ったら、空けていた部屋に風が吹いていた。「菊田さん、この風はどこを吹いているかわかりますか?」というんです。そして、「この風は世界を吹いている風です」と言うんです。毎年、海外に旅行をして亡くなった。深尾須磨子という詩人です。

村野四郎さんの家にも連れていってくださった。そのご長男が村野晃一さんです。服部時計店の社長をされた方です。その晃一さんがお父さんのことを書いた『飢えたる孔雀』という本があります。飢えたる孔雀の意味ってわかりますか？

孔雀がね、悪食で蛇も食うなんて芭蕉の句にもありますが、飢えた孔雀は惨めですね。村野さんはそういう美意識というものには、すごいものがある。

村野四郎の代表作に「鹿」という詩があります。今、府中市の村野四郎記念館の入口には石碑があり、「鹿」の詩が彫られています。お読みになった方もあると思います。

鹿

村野四郎

鹿は　森のはずれの
日の中に　じっと立っていた
彼は知っていた

小さい額が狙われているのを
けれども　彼に
どうすることが出来ただろう
彼は　すんなり立って
村の方を見ていた
生きる時間が黄金のように光る
彼の棲家である
大きい森の夜を背景にして

鹿が森の中にすっと立っていて、狙われているという詩ですね。ところが、この詩は見て書いたんではないんです。これも、村野晃一さんが『飢えた孔雀』の中で、書いています。村野さんの奥さんは、福助足袋のお人形のように、商家のおかみさんのような、ふくよかな方で、いつも伺うと優しく迎えてくださいました。その奥さまが、ある日どこかに行って帰ってきた。交通事故かなんかわかりませんが、死に直面するようなことがあって、あわてて奥さまが家に帰ってきた。その話を聞いた村野さんが急いで部屋に入って、できた！　というのが「鹿」という詩です。ここで言いたいのは村野さんは「鹿」を見ていないんです。今いったように、奥さまから交通事故の話を聞いて、頭に閃いたのです。

詩というのは、見ている姿を書いているのではなくて、私たちが思っていることを、いつも思っていれば詩になってゆく。石原吉郎さんの「フェルナンデス」にしても、村野四郎さんの「鹿」にしても、実際には何も見ていない。それで、思いが詩になる。私たちも、自分たちの思いを、夢でも希望でも、そういうものがあったら、それを詩に残す。

「言葉の海」ということを考えてみます。言葉によって全てがある。私が若いとき読んだ本に「思いは必ず実現する」と書いてある。私は仏教の本、鈴木大拙とか、「正法眼蔵随聞記」も読みました。やはり「詩人のことば」には力がある。

浦和の町を土橋治重さんと歩いていると、かえるの置物などが売っていて、たくさん買って帰りました。私にも、『カラス』という詩集がありますが、いまもカラスが「あほうあほう」なんて鳴いて聞こえます。

最近はこんなことを考えています。

「何のために生まれたのか」。何のために生まれたのですか？

それは、今ある世の中を少しでもよくするために生まれてきているのです。そうでなければ必要ないですよね。

「品性」とか「品格」には触れませんでしたが、「品性」、「品格」は生きる姿です。私の毎日は修業だと思っています。そして自分の生きていることが少しでもお役に立てればと思います。

※ここに掲載したものは、平成二十六年五月十五日、埼玉詩人会主催の埼玉詩祭における講演『詩的アラカルト—芭蕉・道元から現代まで』を、加除訂正したものである。

Ⅱ　詩作入門

一　観察すること

これから十二回にわたって「詩作入門」を書く。

毎回、私の詩を紹介しながら、詩作に欠かせないことを書いていきたい。

私は一九五四年（昭和三十四年）四月、大学を卒業して、東京中野にある信用金庫に入社した。この四月に、今の天皇さまと美智子妃のご成婚のあった時で、その後、一九九四年（平成六年・五十九歳）まで三十五年一カ月勤務してサラリーマン生活を送った。

一九八一年（昭和五十六年・四六歳）五月、八王子支店長から地元鷺宮支店長に転勤となる。転勤直後、会社定例の健康診断にひっかかり、五月に二回胃カメラ（内視鏡）をのむことになる。最初は板橋の胃腸病院内科であり、二回目は前田外科病院であった。

二回目の前田病院の前田昭二院長はレントゲンを見ながら、すぐに入院しましょう、という。私は転勤したばかりで事務引継ぎが行なわれていなかった。その旨を申し上げると、「仕事といのちとどちらが大事だね」と前田院長にきつく言われた。

結局入院はしなかったが、このひと言はきつかった。毎日、毎夜死を考え続けていた。その後、胃ガンの疑いは、「胃憩室《いけいしつ》」と診断され、「要観察」となり、「要観察」中に胃のポリープを五つ取って、現在に至っている。

そうやって悶々として日日を送っていた一九八一年（昭和五十六年・四十六歳）の夏のある日、縁側で庭を眺めていると、木の根元にひとつの蟬の抜け殻を見つけた。よく見ると、前肢を合わせて合掌しているように見える。そういえば蜻蛉もバッタも蝶もカマキリもみんな合掌しているように見える。なぜか哀れで、涙が出てしかたなかった。その時に書いた「蟬」という小品がある。

蟬

蟬という字は禅という字に似ている
禅という字を辞書で調べてみると
心を静めることによって得られる
高い次元の宗教的内面体験とある

蟬という字を書いては
蟬のはかない生涯を哀しむ
七年間土の中に住み
七日間しか地上に生きられない
鳴く蟬を聞いては哀れに想う
鳴く蟬は鳴蟬《めいせん》という
鳴かない蟬は唖蟬《あぜん》という
あきれて言葉のでぬさま
あいた口がふさがらぬさまを唖然という
禅と唖然のあいだで
蟬が鳴いている
鳴いている樹の下に抜け殻が転がっている
背を丸め合掌した姿の七年間である（全部）
（詩集『モズの嘴《くちばし》』一九八四）

この頃から、詩はより私に親しいものとなり、詩と私の距離はなくなり、詩の領域と私の実生活の領域の重なる部分が多くなった。

○

私が若い頃に書いた詩に「蛙の姿勢」がある。

蛙の姿勢

両手をついて
おとなしくしているが、
油断は禁物！
次の瞬間
とびかかるかもしれぬ
逃げ出すかもしれぬ姿勢である

今は少なくなった蛙だが、子供のときは田んぼにたくさんいた。学校の行き帰りには、田んぼや妙正寺川の辺りを歩いていた。

私は、いつも目線を低くして、草木や昆虫、小動物などを書いている。生きている草木や昆虫、鳥など小動物をよく観察するようにしている。

庭の蟻を毎日眺めていて、「蟻の歩き方」を発見した男がいる。エッセイ集『下手も絵のうち』などで知られる熊谷守一さんの九十五歳のとき書いた文章がある。

「地面に頬杖つきながら、蟻の歩き方を幾年も見ていてわかったんですが、蟻は左の二番目の足から歩き出すんです。木村定三さんが、蟻は足が六本あるから、計算すると七百二十通りの歩き方があるに違いない、といいましたが、蟻の歩き方はただ一通りしかないのです。」

と軽妙な筆致で書いている。

目線を低くしてものを見ることを学んでいきたい。

二　描写と表現（2―1）

私が生まれ育って今も同所に住んで八十年になる、東京中野の鷺宮という所は私の少年時代は豊かな里山であり、畑と田んぼの真ん中を流れる妙正寺川、天神山と雑木林などのある農村地帯であった。

妙正寺川にいる魚や水棲昆虫、田んぼにいる蛙やイナゴ、雑木林にいるカブト虫、鍬形虫、蝉などをつかまえるのが、少年にとっては恰好の仲間、友だちだった。

妙正寺川の辺りをよく歩いた。歩いているとバッタや蛙、蛇なども現れた。

私の詩に「井草下橋から鷺宮橋へ」という詩がある。

井草下橋から鷺宮橋へ

井草下橋から鷺宮橋へ
向かって歩く
たかだか百五十米の道程の途中で
私の右腕の付根が疼きはじめる
春の泥田が欲しいと泣き出すのだ
水ぬるむ頃

稲の切り株のまだ残る田の
少し土の盛り上った所の泥を除けて
穴の中に
腕の付根のところまでぐいと一気に入れ
まっ赤なザリガニをつかみ出した四十年前の
快感が欲しいと泣くのだ

西日が西中野小学校の校舎に当たって
するどく反射している
あの校舎のあたりに
私の泥田は埋没している
細く白い少年の右腕も埋まっている
井草下橋から鷺宮橋へ向かって
歩く
疼く右腕の付根をあやすように
癒しながら

少年時代の宝庫を
ひとり秘かに絵巻物のように心でひらき
いまはない水門の音を聞きながら
今日もゆっくりと
出来るだけゆっくりと歩く

（詩集『妙正寺川』一九九〇）

西中野小学校の辺りは、田んぼの埋立地である。その田んぼで、土の盛り上った所の土を除けて、ザリガニの穴に、細い右腕を付根までぐいと入れて、ザリガニをとった体験を、妙正寺川の辺りを歩きながら思い出している。その思い出を素直に書いた。

辞書によると、「描写」についてこう書いてある。

「描写」とは、〈小説、絵画、音楽などで、表現の対象とする状態で、状態や情景などをあたかも現実の世界の事象であるかのように表わすこと〉とある。

この詩は、空間的、時間的に移行する状態を描写した詩といえよう。

蜜蜂
―埼玉・菖蒲町

うすむらさきのラベンダーの丘
美しい花と香気に魅せられて
人びとがそぞろ歩いている
近寄るとすっと立つラベンダーの花
一本の茎には一匹の蜜蜂
千本の茎には千匹の蜜蜂
一斉に花蜜を吸う蜜蜂の姿は
風になびく二万数千株の花群の中に
秘められて見えない

夏の昼さがり
軍隊の儀式のように
頭と腰を動かして

一斉に花蜜を吸つている蜜蜂の光景は
凄い。
恐い。
欲望の蠢《うごめ》く桃源郷
このまま焼き殺されてもわかるまい

（詩集『カフカの食事』二〇一一）

友人数人と車でラベンダーを見に行った時、みんなはラベンダーの花の美しさに見惚れてそぞろ歩きしていた。しかし、私だけは、ラベンダーの花にもぐり、蜜を吸っている蜜蜂の生態を観察していた。そうしてできあがったのがこの詩である。観察しているうちに蜜蜂の本能と、頭と腰の動きから軍隊が連想され、一心不乱の中に桃源郷という言葉が浮かんだのである。

三　描写と表現（2—2）

私の子供の頃、夏の朝は、近くの雑木林や隣りの農家の裏の木々の中で鳴く蜩《ひぐらし》の声で目覚めた。

　このひぐらしは朝と夕方にかなかなと鳴いた。この蜩を東京ではかなかなと呼んでいた。私の住む辺りでは、今はほとんど聞くことがない。地球環境のバロメーターなどと呼ばれている。いまでも耳の奥底で「カナカナカナ」と鳴く声がもの悲しく、ときに「哀《カナ》、哀《カナ》、哀《カナ》」とも聞こえてくる。このかなかなの澄明な、何とも言えない鳴き声がこの世のものとは全く別世界を思わせ、その世界に誘われてしまう。そのかなかなを何とか表現したいと思って書いたのが詩「かなかな」である。

かなかな

空が明るんでくるころ
かなかなと鳴いてみる
かなかなと何度か練習する
あとは黙っている

昼間は暑いのに

ジージージーと鳴いている油蟬
オーシックツクオーシックツクと鳴く
法師蟬の声を聞いても黙っている
みんな黙っている

あたりがうす暗くなるころ
朝の調子を思い出して
かなかなと鳴いてみる
かなかなと軽く鳴く
すると　むこうでも
こっちでも　かなかなかなかなかな
かなかなかなかなと

声の提灯が灯る
暗くなってくるのに
明るい声で

かなかなかなかなと
みんな思い切り鳴いている

（詩集『かなかな』一九九三）

朝夕に鳴くひぐらしと昼間鳴く油蟬、法師蟬を対比させ、夏の一日を表現しようと思った。また、ひぐらしの気ちになりきって書こうと決めた。

「かなかなと鳴いてみる／かなかなと何度か練習する／あとは黙っている」（第一連）、「朝の調子を思い出して／かなかなと鳴いてみる／かなかなと軽く鳴く」「暗くなってくるのに／明るい声で／かなかなかなかなかなと／みんな思い切り鳴いている」（第三連）と、かなかな蟬の気持を素直に書いている。

またこの詩の核心は「声の提灯」である。

むこうでも、こっちでも鳴くかなかなの声を「声の提灯」と表現した。この詩はこの「声の提灯」に尽《つ》きる。

表現とは何か。パントマイムというのがある。人が身体を使って、人間の活動状態をユーモラスに表現する。画家は絵筆と絵具を使用して絵画を描く。詩人は言葉を使って詩を書く。

今から七、八年前の夏、体調を崩して、家でテレビを見ていた。すると小学生の男の子が、「竜の落とし子」を家で飼うために海へ行き、難儀をして、やっと「竜の落とし子」をつかまえて、家へ持って帰るまでをテレビでやっていた。私はこれを詩に書きたいと思った。

竜の落とし子は、全長約八センチ、直立して泳ぎ、形が竜に似ているので、こう呼ばれている。この男の子が、海に何回も何回も行って、やっとつかまえた感動を書きたいと、何回もドキュメンタリー風に詩に書いたがうまくいかない。

書きかけの原稿をしばらく放っておいたとき、ふっと頭に浮かんだのが、「竜の落とし子」の泳ぐ姿である。

あの、？　という格好で海中を泳いでいる姿である。それから一気に書き上げた短詩である。

竜の落とし子

生まれてからこのかた
何でこのような姿に生まれたのか
考えている

私は人間として生まれ、いまを生きている。「竜の落とし子」を通して、障害を持った人や、いまを苦しんでいる人たちのことを考えている。
ことばを通して、実存を詩に表現しようと思う。

四　客観と主観

物事という。物とことであるが、考えてみると、物は手で触れたり、目で見ることのできる対象である。一方、ことは心の中や幸せや平和など手で触れたり目で見ることのできない対象である。

しかし、自由に発想し、主義主張などを詩に表現することのできるのが主観である、と言えよう。辞書を見ると「主観とはものごとについての個人的な見方や考え方」考える主体、ひとりの考えである。これに対して「客観とは主観の働きかける対象」、目の前にある対象を見つめる見方にある、と言えようか。

では、具体的に作品を見てみよう。客観的に対象を書いた作品に、「土筆橋」がある。

土筆橋

冬の日の夕ぐれ
土筆橋の上に立つと
西の空に
大きな鯨の形をした雲が
ゆったりと浮かんでいる
鯨の細い目のところから
夕日がのぞいていて
夕日は後光になり
鯨は光り輝いている
見ていると
鯨の後ろから
夕日が顔を出した
鯨の下の卵黄の太陽
妙正寺川に夕日は零《こぼ》れて

金色の細い帯になって流れている
　　　　（詩集『一本のつゆくさ』二〇〇七）

目の前に見える光景を客観的に描いた作品である。

　　落武者

夏の日
庭の草むしりをして
落ちていた枯れ枝を拾おうと
手を伸ばすと枯れ枝が動いた
枯れ葉色した蟷螂《かまきり》だ
三角の怖い顔自慢の斧も
すっかり錆びている落武者の姿だ
よくぞこれまで生きのびたものよ！

彼は刈りとられた地面でじっとしていたが
やがて思い直したように
残った草むらの中に
よろよろと歩いて消えた

（詩集『天の虫』二〇〇九）

目の前に現れた蟷螂を見たままに素直に書いた詩。
私は子供のとき、母が畑で草むしりするのをよく手伝った。そうした母の傍らで、いつも学校で苛められていた悩みを話すと、母はいつもやさしく聞いてくれた。そうした母への熱き思いを書いた詩がある。

天秤棒かついで―昭和二十六年

当時鷺宮は
武蔵野の田園地帯だった

鷺宮橋に立って西を望むと
田んぼの向うに富士山がよく見えた
水門の近くには蛍がとびかい
田んぼでは蛙が鳴いていた
母さん
あのときは本当に
思いきり笑ったね

夏の夕ぐれ
トタン屋根の私の家の前は
お茶の木の垣根で
その前は砂利道だった
母さんは家の便所の汲取口から
糞尿を肥桶に汲んだ
その肥桶をかついで
母さんが前

高校一年の私が後ろで
百メートル程先の肥溜まで
砂利道を歩く
母さんはモンペ姿に地下足袋
手ぬぐいを被って
私は白いワイシャツ　黒ズボン
裸足で
えっちら　おっちら
ゆっくりゆっくりと歩く

蓋のしていない肥桶から
歩くたび
ぴっちゃん　ぴっちゃん
肥がはねる
私の足にはねる
なぜか

可笑しくて可笑しくて
母さんとふたり
笑いたいのに笑えない
笑いを噛み殺し
天秤棒かついで坂道を下ってゆく
真剣なのに
滑稽に見える親子ふたり
やっと辿りついた畑の中の肥溜に
肥を流しこんでから
母さんとふたり
汗をふきふき
堪えていた笑いを
思いっきり笑った
燃える夕焼け空に
富士山が美しく映えていた
あのときは本当に

腹の皮がよじれる程笑ったね
母さん

（詩集『一本のつゆくさ』二〇〇七）

母への思慕《しぼ》を私の体験を通して表現した詩である。当時は人糞《じんぷん》が畑の肥料であり農村には異臭が漂《ただよ》っていた。

五　形象性と音楽性

詩を口遊《ずさ》んでいると、「てふてふが一匹韃靼《だったん》海峡を渡っていった」（「春」安西冬衛）とか、「あめはぼくらをざんざかたたく／ざんざかざんざか（「あめ」山田今次）と詩のフレーズが頭に浮かんでくる。

自由詩をひとつの分類方法に依ると、大別して形象性と音楽性の二つに分類することができる。

一つは、形象性（イメージ）といわれるもので、視覚、つまり目を開いてみる視覚によって詩を感じることができる。

私の詩に「失うということは」という詩がある。

失うということは

十一月の終わりに
庭にやってきた
目のまわりの白い、みどり色の鳥
一心に柿の実を啄《つい》ばんでいる
頭が小刻みに動いてはいるが
このまま鳥は熟し柿の果肉に没してしまいそう
夢中とは　何と無防備なこと！
赤い果実とみどりの目白
美の恍惚よ！
柿の実はいつもこうして失われる
やってくるみどりの鳥　灰色の鳥

黒い鳥　柿の実との色彩美の祭典
みんな嘴《くちばし》を朱く染めてとび去ってゆく

失うということは　何と
華麗で見事なことか
失うことによって　次第に
柿の木は大きく逞《たくま》しく成長していく

（詩集『仰向け』二〇〇一）

熟し柿の果実を啄ばむ目白の姿を目に見えるように書いた作品である．最初敢《あ》えて目白と書かず「目のまわりの白い、みどり色の鳥」としたのは、色彩効果を狙ったからである。もちろん、みどりの鳥は目白、灰色の鳥は鵯《ひよどり》、黒い鳥はカラスや椋鳥《むくどり》のことである。あとは「失うということは、柿の木が大きく逞しく成長していく」、とまとめた。
ヒシバッタというのは小さな菱形をした土色のバッタである。このバッタを子供の頃クソバッタと呼んでいた。

ヒシバッタ

土色の固い繋
胴体を折り
羽を折り曲げて造った
一センチ程のバッタを
白と青むらさき色の
桔梗の花に
そっと止まらせたのは
誰？

花の香り
土の匂いと

虫の文化
泥から生まれた

地球の芸術品の
ヒシバッタ

（詩集『タンポポの思想』二〇〇四）

ヒシバッタは私の子供の頃、草むらや道端、庭にいて皆見向きもしなかったバッタだが、私は好きだった。

音楽性というと、やはりリズム感である。私の詩には形象性（イメージ）の詩が多いのは、即物主義の詩人、村野四郎の影響が大きいと考えている。

私の詩「カネタタキ」を見てみよう。

カネタタキ

庭の片隅で
カネタタキが死んだ

小さな生涯で
生涯を鉦《かね》叩きで終始した

いつも
コオロギの音楽を聞いてはいたが
我関せずという風情で
鉦を叩いていた

チンチンチン
単調な音だが
聞いてくれる耳のため
鉦を叩いていた
叩いているうち
鉦を叩くのが
自分のためだと気付いたように
只管《ひたすら》

鉦を叩いていた

飾りのない
単調な音だからこそ
聞くもののこころをうった

カネタタキが死んだ
ひっそり死んで
誰も何も言わなかった

チンチンチンチン
冥土《めいど》から
鉦を叩いている音が聞こえてくる

月が冴え
雲は流れてゆく

（詩集『かなかな』一九九三）

カネタタキはコオロギ科の昆虫で、秋に枯葉の間などで「チンチン」と鳴く。道元に、「只管打坐《しかんたざ》」とある。只《ただ》鳴いている鉦叩きに、道元への想いを重ねている。

六　行ワケ詩と散文詩

詩の分類は型から見て、定型詩と散文詩、行ワケ詩と散文詩という分け方がある。

キリンの首

キリンの首が長いのは
次第に遠ざかる背丈より高い木の葉によって
徐々に長くなっていったのであるが

キリンより高い木が一本も生えていない
ここ群馬県サファリ・ワールドでは
キリンは首を折り曲げて
地面の餌を食べている
その恰好は屈辱の姿勢であるのに
キリンは只管《ひたすら》もぐもぐと口を動かしている
どこふく風といった風でも吹いているのか
空をゆく白い雲を
長い首を腕のように伸ばして
追っていくのだ

（詩集『モズの嗜』一九八四）

生きている音

物置の合成樹脂の屋根の上で

雀が一羽
コトコトコトコト
撒かれた餌食《えさ》を啄《ついば》んでいる
あちらを見たり
こちらを見たり警戒している風情は
茶色の頬かむりをした
芝居の役者のように愛嬌《あいきょう》がある
物音を聞きつけて黒い野良猫が
たわわに実った柿の木によじのぼって
じっと様子を窺っているというのに
大丈夫　大丈夫というように
相変わらず
撒かれた餌食を啄んでいる
トコトコトコトコ
雀の生きている音が聞こえてくる

（詩集『蚊の生涯』一九九〇）

キリンと雀の撒かれた餌食を食べている様子を詩にしたのだが、餌食をいっしんに食べている様子は愛らしい。

ある時、詩人の伊藤桂一氏が、散文詩についての講演で「詩（行ワケ）が書けなくなったら、散文詩を書くとよい」と言っていた。私も、一時スランプで詩が書けないことがあった。その時、はじめて意識して書いた散文詩が、「独楽が笑う」という詩で、詩誌「独楽」（寺田弘発行）に発表した。散文詩に「母の蝉」がある。

母の蝉

暑い夏の一日も終わり、会社から帰ると、居間にいた母が、待っていたように私に声をかける。

――きょう、蝉を捕まえたから、庭に篩《ふるい》を被せておいたよ。

今から十五年前のことで、母は七十五歳、私は四十九歳。いま母が生きていれば、ちょうど九十　歳になる。

年老いた母が、息子のために蝉を捕ろうと身構え、そっと近寄って、さっと捕まえたときの情景が目に浮かぶ。歯のまったくない口許で、いつも顔を皺《しわ》くちゃにして笑う。モンペ姿で、いつも庭の地面にしゃがみ、黙黙《もくもく》と草むしりをしていた母。

蟬を捕まえた安堵《あんど》と喜び。篩に入れて、息子を待つ、母としての幸せのひととき。玄関をあけ、鞄《かばん》を下げて立つ息子の私に語りかける母。

――きょう、蟬を捕まえたから、庭に篩を被せておいたよ。

翌朝、篩の中でじっとしている蟬を手にとると、待ちこがれていたように、ジイジイと激しく鳴いた。蟬は、私の手で激しく身体を震わせた。久しぶりに蟬を手にする私は、少年のように胸をどきどきさせながら、生きている蟬を体で感じていた。手を拡げると、深ーく蒼い空へとんでいった蟬。

　ことしの夏も、蟬が鳴いている

（詩集『仰向け』二〇〇一）

散文詩には、ストーリーや物語といった特性があるように考えられる。

七　モノ詩とコト詩

物事という。物というのは形があり、手に触れることのできるモノである。事とは、ある意味で手に触れることのできない心とか思いやりとか、幸せとかいう抽象的なコトをいう。
私が詩を書き始めた頃は、生き物をよく観察した。そして短詩をよく書いた。

蛙の姿勢

両手をついて
おとなしくしているが
油断は禁物!
次の瞬間
とびかかるかも
逃げ出すかもしれぬ姿勢である

（詩集『カフカの犬』一九七〇）

とかげ

とかげが石を愛するのは
石が冷たいからだ
とかげが石を這いまわるのは
石が動かないからだ

（詩集『カフカの犬』一九七〇）

ニイニイ蟬

これはまた
地獄のどこで拷問《ごうもん》されたのか
身体はもとより翅まで黒焦げである
それでも終日ジージーと鳴いている
その姿を見ていると
なぜか般若《はんにゃ》に見えてくるのだ

（詩集『蛙の生涯』一九九〇）

一九九〇年といえば私が五十五歳の時に出した詩集である。やはり観察も深まって思想(思い)がイメージ(表現)にうまく昇華されていっているようだ。
たった一回の体験を詩にした「モズ」という詩がある。

モズ

モズとわたしのたった一度の出会いが
モズの世界を確固たるものにした
檜の木の手前に張られた霞網《かすみあみ》は
一羽のモズの世界をゆるがせた
平和な田園地帯が騒々しくなった
するどい叫び声が少年のこころを
激しく動揺させた
――可哀想だから逃がしてやろう
しかしモズはすべてを拒否していた

触れるものはすべて敵であった
モズは鋭く私を突突いた
まがったくちばしが人さし指に
くいちぎらんばかりに食らいついてきた
わたしの世界が急に赤くなり
樹々や空がくるくるまわった

モズとわたしのたった一度の出会いは
わたしにモズの確固たる世界を発見させた
わたしの世界は人さし指から流れた血によって
いまもモズを激しく求めている

（詩集『モズの嗜』一九八四）

私の少年時代、私の住む東京中野区鷺宮という所は武蔵野の片隅にある豊かな田園地帯であった。隣の農家の昭《あき》ちゃんは私より一歳年上で、霞網に掛かったモズを入れる鳥カゴを自宅に取りに行ったとき、一人だった私がモズにちょっかいを出して突突かれたコト（体験）を詩にしたものである。昭義さんは亡くなられて、いまはいない。

朝の鈴

春の朝
五時半に
庭のすずめが
朝の鈴を鳴らす
二羽やってきて
ほんのひととき
すみきった空気のなか
朝の鈴を鳴らす

晴れやかな
鈴の音にあわせて

わたしも
生きている
よろこびの歌を
うたう

（詩集『タンポポの思想』二〇〇四）

朝目覚めると、すずめの鳴く声が聞えてくる。平和な、幸せの朝を「朝の鈴」の詩に書いたのである。

八　短詩のこと

短詩には二つのタイプがある、といわれている。

一つは描写（スケッチ）であり、いまひとつは凝縮《ぎょうしゅく》である。また、何行までが短詩であり、何行以上は短詩ではないという明確な区別（定義）はないが、私は十行前後と考えている。

○

一九五五年（昭和三十年）大学一年生のとき、ＪＲ東京・御茶ノ水駅近くの本屋に立ち寄った時、出会った本が角川新書『現代詩1』（北川冬彦著）であり、この本との運命的（？）な出会いが私の人生を決めたように思われる。パラパラと頁をめくっていると、そこに安西冬衛「春」があった。

春　　　　安西冬衛

てふてふが一匹韃靼《だったん》海峡を渡って行った

この詩を読んだときの感動をいまでも忘れることができない。私はこの詩に「青春の縮図」を観た。そして、その後、「現代詩入門」（北川冬彦主宰）に投稿を始めることになる。

○

若い時書いた短詩に次のようなものがある。

鉛筆

失われた部分の感覚が不意に襲ってきて
獣のように
私を振舞わせることがある
（詩集『昼の砂』一九六〇）

蛙の姿勢

両手をついて

おとなしくしているが
油断は禁物！
次の瞬間
とびかかるかもしれぬ
逃げ出すかもしれぬ姿勢である
（詩集『カフカの犬』一九七〇）

ニイニイ蟬

これはまた
地獄のどこで拷問《ごうもん》されたのか
身体はもとより翅まで黒焦げである
それでも終日ジージーと鳴いている
その姿を見ていると
なぜか般若《はんにゃ》に見えてくるのだ
（詩集『蛙の生涯』一九九〇）

天道虫

どしゃ降りの雨のなか
家にやってきた天道虫が
原稿用紙の上にとまった
そっと原稿用紙を立てると
紙の縁《へり》をのぼっていき
原稿用紙のてっぺんを歩いている

雨の夜のひととき
わたしをよろこばせて
開けた窓から
外へとび立っていった
天道虫

（詩集『一本のつゆくさ』二〇〇七）

○

ある年の夏、テレビを見ていると、小学校高学年の児童が、夏休みの自由研究で、「竜の落とし子」を海に行って捕獲し、自宅で飼育しようと思った。その様子がテレビで放映されていた。海は荒れていたり、竜の落とし子はなかなか見つからない。悪戦苦闘している様子や表情が映し出されていた。私はこの様子をメモしながら一篇の詩にしようとしたが、結局詩にはならなかった。そんなぼんやりしている時に、心に浮かんだのが、？《はて》である。「竜の落とし子」の姿にある？という疑問符である。そうだ、と膝《ひざ》を叩いて書いた短詩である。

竜の落とし子

生まれてからこのかた
なぜこのような姿に生まれたのか
考えている

（詩集『天の虫』二〇〇九）

饒舌《じょうぜつ》な自由詩と寡黙《かもく》な俳句の中で、短詩は適度の沈黙と緊張を持ち、そこに醸《かも》し出されるえもいわれぬ持ち味を生かせばよい、と私はいま考えている。

九　短詩のこと（その2）

前項で、短詩には描写（スケッチ）と凝縮があると書いたが、目線をかえて、素材（テーマ）を持った短詩について書いてみたい。

竹輪《ちくわ》を食べていた時、竹輪の輪が目にとまった。ドーナツは大きな輪だが、竹輪の輪について書きたいという衝動《しょうどう》にかられて一気に書いたのが次の短詩である。

竹輪の輪

竹輪の輪
ひと口食べて空を覗く

青い空と白い雲
もう一口食べて地面を見る
赤い花と緑の葉っぱ
たべてたべて
無くなってしまった竹輪の輪
有るようで無いような
空気みたいな竹輪の輪
触《さわ》れるようで触れない
ひとのこころのような竹輪の輪

（詩集『天の虫』二〇〇九）

最後の二行は苦心したが、このように落ちついた。

まんぼう

図体の大きな魚である
胴体のところから
すっぽり切り落とされたよう
泳ぐ格好はグロテスクであり
ユーモラスにも見える
飛行船みたいな魚だ
暢気《のんき》な生き方が信条なので逃亡に使うしっぽは捨てた
媚《こび》を売るしっぽも捨てた
真実まじめいっぽんの
惚《ほ》れ惚《ぼ》れする生き方なのだ
拍手喝采《はくしゅかっさい》のまんぼうなのだ

（詩集『天の虫』二〇〇九）

観賞用の金魚に蘭鋳《らんちゅう》というのがいる。体は卵形で、腹がふくれていてゆったりと泳ぐ。私はこの魚が大嫌いである。「媚《こび》を売るしっぽも捨てた」に思いを込めた。

落武者

夏の日
庭の草むしりをして
落ちていた枯れ枝を拾おうと
手を伸ばすと枯れ枝が動いた
枯れ葉色した蟷螂《かまきり》だ
三角の怖い顔　自慢の斧も
すっかり錆びている落武者の姿だ
よくぞこれまで生きのびたものよ！
彼は刈りとられた地面でじっとしていたが
やがて思い直したように
残った草むらの中に
よろよろと歩いて消えた

（詩集『天の虫』二〇〇九）

「まんぼう」「落ち武者」の二篇は、それぞれの生きざまを描いたもので、何れも十二行ほどの小品であるが、一篇が完結するのに適《てき》した短詩であるといえる。

考えてみると、私が詩を書き始めたきっかけは短詩であり、長い間、短詩から頭が離れることができないでいた。偶々、三十五歳の時出会った土橋治重氏に、「詩は長ければ長いほど良い」と言われ、短詩の発想の自縛《じばく》が解けた。今は長い詩も短い詩も書けるようになった。

若い方々にお勧めしたいのは、やはり気がついたり、書きたいなと思ったら、すぐにノートやメモに書き写すことである。それが発端になり、イメージがふくらんで一篇の詩となるのである。

十　比喩《ひゆ》について（その1）

辞書によると、

「比喩とはあるものを他にたとえる修辞法。三つのレベルが析出される。第一類は「りんごのようなほお」のように「よう」「みたい」「まるで」といったタイプ。第二類は「雪の肌」のように、表現の要素間の結合の異常さや非論理性の発見が受容主体を刺激して、比喩としての解釈に誘導寸するタイプ。第三類は「うまく舵《かじ》をとらないと船は沈没してしまう」のように、その表現の内部に比喩性をかきたてる言語的な条件をもたず、それが水上の場面では　なく、組織の運営について述べている文脈などの中に置かれたことによって比喩性が実現す　るタイプ。」

（『国語辞典』集英社）

論理的にはこうした三つのタイプがあるということであるが、難しい理論はさておいて、詩作品をみてみよう。

私が若い時書いた詩に「古い釘」という詩がある。

古い釘

何時か波が打ち寄せたとき、私の身体はふわっと浮いてしまった。それ以来長い間　頭が地平
線からとび出ていた　それをどうして知ったのか　突然！　首っ玉に釘抜が引っかけられた
ざざざという音と共に　私の皮膚が　私の肉体が剥げ落ちる　否応なしの引き抜きである
（チェッ！　此奴も使えやしねえ）

ほおり込まれた暗室　眼が慣れると　首のない釘
　背骨の曲った釘　下半身を切りとられた釘
みんな身体をよせ合って静かに死を待っている
ときどき吹きこむ隙間風にひるがえった鉄錆が
釘達の身体を洗っている

（詩集『昼の砂』一九六〇）

この詩は、私が学生時代に書いた詩である。物置に父の釘箱があった。板に打ち込まれた釘を釘抜でぬいて、それを釘箱に入れていた。釘を捨てられなかったのか、抜いた釘はぜんぶ釘箱に入れられた。この詩を書き写していると元気な若い父の姿をいまも思い出す。

啄木鳥

夜、うとうとし始める頃、啄木鳥《きつつき》がやってきて私の胸を突突くことがある。胸の内側から嘴を血まみれにして。

私は何とかして啄木鳥を追い払おうとする。右に左に寝返りをうつ。しかし啄木鳥は少しも騒がず　ゆっくり　規則正しく胸を突突く。

私は自分の胸が血で腫れ上るのが恐ろしいのだ。

だが、夜の悶えはいたずらに私を苦しめ私を疲れさせるだけである。


朝、私は白い光の波に乗って漂流している。眼覚めると私は急いで胸をさすってみる。そして何だ、何でもなかったんだ　と無理に自分に言い聞かせる。

だが、疲れた日には夜になると、きまって啄木鳥がやってきて、私の胸を突突きはじめるのだ。


（詩集『昼の砂』一九六〇）


この詩も大学生時代の作品である。当時、私は身長一メートル六十七センチ、体重四十七キロの痩身であった。

あるとき疲れやすくて、眠れない日が続いた。その思いを詩にしたのが「啄木鳥」であった。

○

比喩について書こうと思い立ったとき、まっ先に頭に浮かんだのが、「古い釘」と「啄木鳥」であった。

「古い釘」は、まだ自宅の庭に物置があった頃を思い出す。釘抜と抜かれた釘と釘箱に、生きる意味を考えた詩であり、「啄木鳥」は、若き日の悩みを、想像力を働かせて書いた、まさに自らの悩みを形象化した詩である。

当時、詩誌「時間」（北川冬彦主宰）に所属しており、この二作品は「時間」新人賞となったものである。

比喩には三つのタイプがあり、第一類と第二類の活用により、詩を書くことによって、表現が豊かになることは間違いない。比喩の巧みな表現による名詞を学ぶことにより、比喩の利用、活用を心がけよう。

十一　比喩について（その2）

私の詩に「かなかな」という詩がある。

かなかな

空が明るんでくるころ
かなかなと鳴いてみる
かなかなと何度か練習する
あとは黙っている

昼間は暑いのに
ジージージーと鳴いている油蟬
オーシックツクオーシックツクと鳴く
法師蟬の声を聞いても黙っている
みんな黙っている

あたりがうす暗くなるころ
朝の調子を思い出して
かなかなと鳴いてみる

かなかなと軽く鳴く
すると　むこうでも
こっちでも　かなかなかなかなかな
かなかなかなかなと
声の提灯が灯る
暗くなってくるのに
明るい声で
かなかなかなかなと
みんな思いきり鳴いている

（詩集『かなかな』一九九三）

この詩は自分が「かなかな」になりきって書いている詩（第二類）であるが、最後のところで「声の提灯が灯る」と比喩が使われている。

「声」というさわることのできない「音声」が「提灯のように灯る」と書かれている。

この詩について元「天声人語」の辰野和男氏がエッセイ集『歩けば、風の色』（朝日ソノラマ・二〇〇〇年）で、「小さな生きものを歌う」と題して菊田守のことを書いている（P29）。

「菊田さんの詩は、幼いころから蛙や蜻蛉や蜘蛛になじんだ人の眼がなければ歌えないものばかりで、『かなかな』の詩にこういうくだりがある。（中略）『声の提灯が灯る』という表現に出あうと、それだけで、深い森のあちこちに灯がともる風景が浮かんで、たのしい気分になる。」

私は、三十年以上前に、私たち夫婦と子供ふたりで、箱根の叔父さんの別荘に行った。夕ぐれに、あちらこちらで鳴くひぐらしの声が、まさに「声の提灯」であった。のちに「かなかな」の詩を書いたとき、この経験がよみがえり、「声の提灯」として表現したのである。

竹輪の輪

竹輪の輪
ひと口食べて空を覗く
青い空と白い雲
もう一口食べて地面を見る
赤い花と緑の葉っぱ
たべてたべて

無くなってしまった竹輪の輪
有るようで無いような
空気みたいな竹輪の輪
触《さわ》れるようで触れない
ひとのこころのような竹輪の輪

（詩集『天の虫』二〇〇九）

この作品、最初は「竹輪の輪」という穴に興味を持ち竹輪を望遠鏡のように手に持って、中を覗いた。その様子を詩として表現したのだが、さて食べてなくなった後どうしようと思って、立ち止まって考えた。

考えて出てきた言葉が、「有るようで無いような／「空気みたいな竹輪」、「触《さわ》れるようで触れない／ひとのこころのような竹輪の輪」という表現である。

私たちの感覚には五感がある。視覚、聴覚、触覚、味覚、嗅覚である。「ひとのこころ」というものは、この五感を使っても、とらえることはできない。それを、このような「竹輪の輪」のように触れないと比喩で表現したのであった。

○

これまで、私の詩「かなかな」の暗喩と直喩「声の提灯」、詩「竹輪の輪」の中の「ひとのこころのような竹輪の輪」について論じてきたが、比喩というのは難しい。比喩の巧拙によって、作品がまったく様相を異にする。

直喩「ような」を使った「りんごのようなほお」の使用は一番多く使われており、作品に効果を与えることが多い。

十二　詩を書くということ

詩を書くということはどういうことだろう。私の詩に「平和の楯」という詩がある。

平和の楯
　　――ケロイドの顔

いまは二十一世紀の遊覧船のような
五階建高層マンション白鷺ハイム
昭和二十年の時はルーテル神学校があった
神学校には憲兵が駐屯《ちゅうとん》していた
昭和二十年三月の東京大空襲で
杉並区天沼三丁目と中野区鷺宮二丁目の
神学校周辺の住宅街が焼け野原になった
翌朝は晴れ、校門前には老婆の焼死体
トタン板が被せられ
下から老婆の木の棒のような焼けた脚が覗いていた
焼け跡で万年筆爆弾を拾った男の子が
被爆し顔面がケロイドになった
大学理工学部を卒業したが就職できないで
三年前まで生きていた

戦後七十年の二〇一五年

いま生きていれば七十七歳になる
彼は毎日、自宅近くの住宅街を徘徊していた
いつも黒いコーモリ傘を持って
帽子も被らないで街を歩いていた

目を瞑《つむ》ると
彼の姿が浮かんでくる
彼はいつものように街を歩いている
黒いコーモリ傘を持って
こちらに向かって歩いてくる
ケロイドの顔を
平和の楯のようにして
正面を向き
ゆっくりゆっくり歩いてくる
平和への願いを
自分の顔をプラカードにして

歩いてくる

忌まわしい第二次世界大戦は昭和二十年八月十五日終結した。今は戦争を知らない子供たちがたくさんいる。昭和二十（一九四五）年生まれの人も七十一歳になった。

十九歳から八十一歳まで詩を書き続けてきた私が、どうしても書かなければいけないと思い書いた詩が、「平和の楯」である。

私は「平和」を切に祈っている。今も世界のどこかで戦争があり、何の罪もない子供たちが死んでいる。

詩は自分の思いを、願いを言葉によって表現することのできるものである。

私が詩を書き始めた頃はサルトル、ハイデガー、ヤスパースなどの哲学書を読むよう勧められた。でも今は、哲学は詩の兄弟みたいに思っている。哲学は詩ではない。

いま八十一歳になって、肩肘を張らず、楽な気持ちで詩に対するようになった。

私の詩に「土塊の雀」という作品がある。

土塊の雀

雀はもしかして
誰やらの投げた
土塊《つちくれ》ではないだろうか

ぱっと投げられた土塊は
地面に落ちないで
空中で
羽が生え　脚も生えて
ふんわりと地面へ舞い降りて——

幻であろうか
いまも風塵の中から
雀が生まれて
大空へとび立っていった

（詩集『白鷺』一九九九年・六十四歳）

感じたことを素直に書いた作品である。

※「詩作入門」は「詩人会議」の平成二十八年一月から十二月まで一年間（十二回）連載したものを一部修正した。

Ⅲ　わが原郷――ふるさと「鷺宮」

○詩の魅力

今は詩というものが日常生活の中で、私にとってなくてはならないものとなっている。そして、詩を読み、詩を書くことに深く感謝をしている。詩を書いてきてよかったと本当に心底思う。

父が昭和五十一（一九七六）年に満七十歳で亡くなった時にはそこまで思わなかった。その前の年には、三月二日に村野四郎（以下すべて敬称略）が亡くなっていた。私は四十歳を過ぎたばかりで、会社では課長職で仕事が忙しかったこともあろう。

しかし、母フジが平成七（一九九四）年十一月に八十六歳で亡くなった時から、本当に詩を書いていてよかったと実感するようになった。

母の亡くなる前の年の四月末で、定年まで一年を残して私は会社を辞めていた。毎朝五時起きをして夜十一時に帰宅という過激な日々から解放され、母と毎朝食事を一年間することができて、よかったと思う。

今、私は詩を書き続けてきてよかったと素直に言える。八十余年ほど生きてきた私が、サラリーマン生活の中で、詩をどうとらえて書き続けてきたか、少年時代に経験したことが、今書く詩にどのような影響を与えてきたのだろう。貧しい体験ではあるが、詩に対する考え方などを思いつくままに書いてみよう。

○大学時代

詩というものに触れ、はじめて感動したのは、大学一年の時、東京神田・御茶ノ水近くの本屋であった。北川冬彦の書いた『現代詩』(角川新書)の本をパラパラとめくっていた時、目にとびこんできたのは、安西冬衛の短詩「春」であった。

春

てふてふが一匹韃靼《だったん》海峡を渡っていった

蝶が一匹、韃靼海峡を渡っていったというイメージの中に、ひとり頼りなさそうにひらひらと飛ぶ蝶を自己とみた。それはやはり青春という多感な感性のなせる業《ごう》であろうか。

その後、私は「現代詩入門」（北川冬彦監修）の投稿を続け、この「現代詩入門」コンクール第一回に、詩「首」が第五席となり、すぐに「時間」同人となった。当時書いた作品に「鉛筆」というのがある。

鉛筆

失われた部分の感覚が不意に襲ってきて
獣のように
私を振る舞わせることがある

同人「時間」は、大学卒業と同時に都合でやめた。そして、地元の東京・中野にある信用金庫に入社しサラリーマンとなる。

○サラリーマン生活

入社した信用金庫で、私は営業係に配属された。その直後に、苦い体験をすることとなる。ある朝、集金をするため米穀商に伺った時、玄関先に立った主人は、立ったまま、一万円の札束と当座預金入金帳を私の目の前に放り投げた。私は叩き返してやりたい衝動を抑え、一枚一枚ゆっくりゆっくり数えた。我慢我慢と自分に言い聞かせながら。

ところが、こともあろうことか、一万円札が一枚足りないのだ。その旨を主人に申し上げるとそんなはずはないという。だが何回数えても足りない。やっと一枚を別にもらって会社に戻った。

そして、係長に話すと、あのお店では新入社員はいつも試されるのだ、と言われた。この経験で、お金を頂くには頭を下げなければならないこと、そして耐えなければならないことを学んだ。

会社に入った年の慰安旅行で、私は自己紹介の後に物真似をやった。当時のラジオで聞いていた浪曲と歌である。浪曲は広沢虎造、三門博、相模太郎など、歌は美空ひばり、灰田勝彦、淡谷のり子、川田孝子などであった。これをやったのには二つ理由があった。

ひとつは、大卒で入社した同僚たちはみな、法学部、商学部、経済学部卒業で、金融機関に文学部卒というのは私一人であった。それをコンプレックスに思い、裏返しで目立とうとしていたこと。

もうひとつは、大学時代、落研（落語研究会）にいた、などと揶揄されていたが、実は明治大学放送研究部にいて、しゃべる練習をしてきたことによる。

当時、放研にはアナウンス課と演技課があった。アナ課は民放のアナウンサーの先輩もいたりして満員で、私は演技課（放送劇をやる）に入り、声優の矢島正明先輩や吉川雅孝部長（浅草寺住職）などにお世話になった。高校まで、赤面恐怖症で人前で全然しゃべれない自分を鍛えるためであった。人前で話すということは、発声練習で口をあけてしっかり発声ができるようにすることと、しゃべる内容を文章で書く練習をすることの二つにわけて考えていた。それが将来ひとつになればよい、などと若い頭脳で考えていた。

その物真似が効いて、案の定、翌年から、私は全店の宴会余興の司会やとりまとめ役をすることになった。

今と違って、当時の金融機関は預金実績で評価がされていた。実績をあげてノルマを達成することは、そんなに生易しいことではない。上司の中には、「仕事のことだけ考えればよい、両親や家族はないものと思え」と暴言を吐く者もいた。

したがってストレスも多い。結婚する少し前、すぐにイライラして、上司や部下にあたっていた頃である。カッとなって怒る。でも相手ににらまれると顔をそらすという弱虫であった。赤面恐怖症で顔は真っ赤になってしまう。しゃべると怒っているし、黙っていても怒っているようだと言われた時期である。

ある夜、ＪＲ阿佐ヶ谷駅北側にあったオデオン座という映画館に入った。題名は忘れたが、スーザン・ヘイワード扮するアルコール中毒患者がいつも何かに怯え、恐怖にかられている。その患者に医者は言う。「相手をじっと見つめなさい。じっと見つめれば恐怖は去りますよ」

そうなのだ、と思った。私はいつも、強い光、怖い目を前にすると、目をそらしていた。それではいけないと思った。それからは顔が真っ赤になっても、相手が顔をそらすまで、相手を見つめることにした。

土橋治重は「菊田守の風景」（日本現代詩文庫）の中で次のように書いている。

「人の顔をいつも真正面から注視する菊田守の眼には、たしかに一途の情熱と知的な涼しさがあった。二人でよく『風』を編集した。彼はおそろしく熱心に詩を書き、一文にもならない編集の仕事を、会社の仕事よりも精をこめてしてくれた」と。

○実生活と詩

詩集『カラス』（風社・一九八一年・四十六歳）の中に「ひらめ」という詩がある。

ひらめ

ついに
来るところまできてしまった
泳ぐ姿勢から這う姿勢へ
攻撃する姿勢から逃げる姿勢へ
屈辱の窺う姿勢の中へ

どちらを向いても
目ばかりが覗いている
僅かに位置をずらしても

たくさんの目が移動してついてくる
ぬるりとして
とらえどころのない奴
一皮むけば
弱々しい肋骨がならんでいる
今日も
どんよりした水の中
まっ白い腹をひたかくしにかくし
あたりを窺っている

（ひらめ1、2のうち1全部）

この詩はサラリーマンの心の在り様を、ひらめの幼魚から成魚になる特異な生態に仮託して表現したもので、「這う」「逃げる」「窺う」という姿勢の中に、給与生活者の生活を活写しようと試みたものである。

昭和五十六年（一九八一・四十六歳）の五月、私は地元の西武信用金庫鷺宮支店長に転勤となった。そしてその直後の会社の健康診断でひっかかり、二回胃カメラをのむことになる。最初は板橋の胃腸内科で、2回目は赤坂の前田外科病院であった。

二回目の前田外科病院の前田院長は、レントゲンを見ながら、すぐに入院しましょうという。私は転勤したばかりで、まだ事務引継ぎも行なっていなかった。その旨を申し上げると、「仕事と命とどっちが大事だね！」ときつく言われた。結局入院することはなかったのだが、この一言はきつかった。毎日、毎夜、死を考え続けていた。

それで、死ぬ前にこれまで同人誌などに書いてきた文章をまとめて本を出版しようと考えた。それからは家に帰ると、原稿の清書をはじめた。その本が二冊、翌一九八二年十月刊行の評論『青春のない時代を背負った戦後前期の詩人たち』（宝文館出版）であり、十一月刊行の『流れる水は透視する――杉克彦ノート』（七月堂）である。

その後、胃がんの疑いは胃憩室と診断され、「要観察」となり、胃のポリープを五つとって、現在に至っている。

そのような悶々とした日々を送っていたある日、縁側で庭を眺めていると、木の根元にひとつの蟬の抜け殻を見つけた。よく見ると、前肢を合わせて合掌しているように見える。

そういえば蜻蛉もバッタもカマキリさえもみんな合掌しているように思われた。なぜか哀れで、涙が出て仕方なかった。
その折に書いた「蟬」という小品があるが、終わりの三行は次のように書かれている。

蟬が鳴いている
鳴いている樹の下に抜け殻が転がっている
背を丸め合掌した姿の七年間である

この頃から、詩は私により親しいものとなり、詩と私の距離はなくなり、詩の領域と、私の実生活の領域は重なる部分が多くなっていった。

○少年時代

私の少年時代、昭和十年代〜三十年代の鷺宮は武蔵野の田園地帯で、雑木林や田んぼ、畑があって長閑な田園風景が見られた。私は雑木林、田んぼで、妙正寺川で、畑でよく遊んだ。妙正寺川ではメダカ、口細、鮒、アメリカザリガニなどを網ですくったり、釣ったりした。雑木林では蟬やカブトムシ、クワガタ、クツワムシなどを捕った。田んぼでは、灌漑用水が流れ込むところに春になると小さなどじょうやお玉杓子やメダカがいた。学校の行き帰りにそれを眺めて楽しんでいた。田んぼには、蛙《かえる》や蛭《ひる》や蛇、たまに石亀もいた。

蛙の尻に麦わらを入れてふくらましたり、蟻や蟻地獄虫をつかまえて飼育したり、カナブンにひもをつけてとばしたり、蛍を川の水門近くで捕まえたりした。めだかの卵をかえしたり、カナリヤ、ジュウシマツ、インコを飼ったりした。

のちに村野四郎から、「誰に何といわれようと小動物を書き続けなさい」といわれ、幼少年時代に遊んでいた昆虫や魚、小鳥たちを描くようになったのも恵まれた田園地帯の環境によるところが大きいと思う。あの、豊饒な田園地帯はもう今はない。

建ち並ぶ高層アパートの中を流れる妙正寺川は、今は恥ずかしそうに団地の中を流れている。護岸工事で川底をコンクリートで固められた妙正寺川。小鳥が川底を歩いている。カラス、鳩、セグロセキレイ、ヒヨドリ、スズメなどは常時見られるが、たまにコサギがやってきて川の中にすっと立っていたりする。

○読書

私の大学の卒論は「芭蕉・雅俗論」である。加藤楸邨の大学の同級生であった阿部喜三男先生のご指導であった。阿部先生は私に俳句をやったらどうかと勧めてくださったが、俳句を書いていたら今ごろはどうなっていただろうと思ったりする。しかし、途中で指導教官が黄表紙洒落本の水野稔先生に変更になった。

大学時代の私の鞄の中には、芭蕉とリルケとカフカの本が入っていた。

リルケの『若き詩人への手紙』（角川文庫・佐藤晃一訳）の中にある「夜の最も静かな時間に書かずにいられないか、自分に尋ねなさい」という言葉には勇気づけられた。沈思黙考し、あなたに書けと命ずる根拠を究めなさい。そして「あなたには、あなたの幼年時代という、貴重な、王者のような富、思い出の宝庫がある」と、リルケは書いている。

その後、私は村野四郎に「誰に何といわれても、小動物や昆虫を書き続けなさい」といわれたのを、リルケの言葉と重ねあわせて、いつも思い出すのである。「若き詩人への手紙」には、詩人としての心がまえのようなものが書かれていた。

私が高校時代から親しんでいた本に『般若心経講義』（高神覚昇著・角川文庫）がある。高校に入ってから、地元土着の毎月十七日に順ぐりに行なっている鷺宮二丁目「観音講《かんのんこう》」

に、私は父の代わりによく行った。地元の農家の人、十数人の集まりで、お経は「般若心経」と「観世音菩薩普門品第二十五」、それに御嶽山の「六根清浄」を皆で唱和するのである。これが終わると、お酒とお料理が出て世間ばなしをする。

昔の情報交換の場で、お祭りのことなどもここで話し合われていた。そのような環境で育ったので、「般若心経」は高校生のとき暗唱することができたし、「色即是空」は若いときから知っていた。

ある朝早くに土橋治重宅を訪ねると、今、志保に（武村志保）に観音経のお経をあげて病が治るように祈っていたのですよ、といわれた。例の「念彼観音力」という言葉のあるお経である。

若い時読んで忘れることのできない本に『自分で考えるということ』（澤瀉久敬著・角川文庫）というのがある。星一つの薄い本であったが、この中に次のような意味のことが書かれていた。

「例えば、夏目漱石のことを研究したというならば、いろいろな出来ごとにぶつかった時、漱石ならばこう考える、漱石ならばこのように行動する、そこまでいかないと研究したことにならない」

会社に入った頃、出会った本に、『菜根談』（洪自誠著・魚返善雄訳）という文庫があった。この訳がべらんめえ調であるのが気に入って持ち歩いていた。失意の時、この本が何度も私を勇気づけてくれた。

「耳には耳の痛いことばかり、胸には無念なことばかり。それがわが玉をみがく石となる。おだてられたり、いいことばかりでは、われとわが身に毒をもるようなものだ」（五）

「クドい料理はまやかしだ。ほんとの味はサッパリ、奇抜な人はまやかしだ。まことの人は平凡」（七）

これまで書いてきた、私の少年時代から平成六（一九九四）年四月末日に会社を退職するまでの経験は、きっと私の詩の中で血となり眼差しとなって、人に語りかけているものと信じている。

○生命の詩

二〇〇一年十一月下旬、木枯らし一号が吹いたばかりなのに暖かい朝、庭に降り立ってみると、玄関前の柿の木の下に柿紅葉が散っている。歩くとさくさくと音がする。紅葉した花水木の根元で生き残った蟋蟀《こうろぎ》が一匹鳴いている。さらに耳を澄ますと、こんどは葉の落ちてしまった花水木の木の上で鉦叩《かねたたき》がチンチンチンチンチンと鳴いている。この鳴き声を辰濃和男さんはチッチッチッチッチッと鳴くという。一匹で鳴いているのでメスを呼んでいるのだろう。

自然はヒトと違って正直なので、四季それぞれに異なる姿を見せてくれる。草花でも小鳥でも昆虫でもやさしく接すると、親しく寄ってきてきれいな姿を見せてくれたり、美しい声で鳴いてくれたりする。

テロ、戦争、殺人、不景気、政治混乱、ウイルス感染病など私たちをとりまく環境は厳しい。ヒトが自らを過信したことによる地球環境の汚染・破壊は、自然に生息する生き物を生きにくくしている。そうした中で、私たちヒトも宇宙の一生物であることを再認識し、これまで科学文明に依存してきたことを反省して、謙虚に生きていくことが必要であると私は考える。

私は小動物の詩を多く書いている。一九六〇（昭和三十五）年五月に村野四郎さんにはじめてお会いし、文京区千石にある村野邸に年に数回お伺いして、詩について、また詩人の在り方について教えていただいた。ある時、アポリネールの『動物詩集』についてお話している時、村野四郎さんは私にこう言われた「誰に何と言われようと小動物の詩を書き続けなさいよ」と。

これまで詩を書き続けてきて、五十年近くになるが、この言葉が私の内部にすみついて、いつも私を励まし、力になってくれた。

また若い時に読んだリルケの『若い詩人への手紙』（佐藤晃一訳・角川文庫）の言葉も詩を書く私の支えになった。

「あなたは、ご自身の詩がよいものかどうかと、私にお尋ねなさる。誰にも、あなたに忠告してあなたをたすけることはできません。誰にもできません。ただ一つの方法があるだけです、沈思黙考しなさい。（中略）

あなたの夜の最も静かな時間に、自分は書かずにはいられないのか、とご自分にお尋ねなさい。もしあなたのこの真剣な問いに、『私は書かずにはいられない』という強い簡単な返事をすることがおできになるならば、あなたの生活をこの必然性に従っておたてなさい。」

「もしあなたが牢獄につながれていて、牢獄の壁が世の中のざわめきをすこしもあなたの五官に伝えないとしても――あなたにはやはりあなたの幼年時代という、この貴重な、王者のような富、この思い出の宝庫があるではありませんか。」

（リルケ『若き詩人への手紙』より）

今の私の詩作があるのはこれらの言葉のおかげともいえよう。

昭和二十三（一九四六）年新制中学の第二回生として中野八中に入学したが、校舎がなかったので、都立武蔵丘高校の一番南の校舎で授業を受けた。木造の校舎で、板の廊下にはほこりが舞い、いつも風が吹き荒れていた。

校庭でよく野球をした。私は家にあるぼろの布きれをぐるぐる巻いてボールを作った。バットとボールを持っていたので、三角ベースの野球をする主導権を握っていたように思う。野球をやる仲間を決め、昼休みによく試合をした。まわりが畑であったので、ボールが畑に入って取りにいって、農家のおじさんによく叱られた。時には肥溜めにボールが入って、試合が中止になったこともある。

家の近くには原っぱがあった。原っぱの南にはKさんの家、北側の道路の向こうにSさんの家があった。あとは畑で、Kさんの家の裏には私の大好きなコスモスの花が群生していた。その原っぱでよく野球をした。中学一年の夏に、私の末弟が生まれたので、弟を背負って、どてらを着て野球をやった。打つにも走るにもとても難儀だったのを今でも思い出す。

ある日、私は、クビキリギリスというキリギリスの仲間を捕まえた。汚れたシャツに近づけると、クビキリギリスはシャツを激しく噛んだ。くいっと引っぱると、クビキリギリスの首と胴体は離れてしまった。中学生の時の思い出である。このたった一回の経験を思い、後に一篇の詩「クビキリギリスの首」を書いた。

（前略）
夏の叢《くさむら》で
クビキリギリスを捕まえた少年のわたしは
泥と汗にまみれたシャツの端を
口で噛んで唾液で濡らして
クビキリギリスの口許にもっていった
クビキリギリスはそのシャツにくらいついた
そのシャツをつよく引っぱると
クビキリギリスの首は胴体から離れた
それでもシャツにくらいついている
クビキリギリスの緑色の首と
生命を絶つほどの
くらいついたら離さない深い性の哀しみ
誰が名付けたのか

クビキリとも
クビキリギリスともいう名を哀しむ

（「クビキリギリスの首」一部）

このように野原で遊んだ時の体験が、のちに経験となり、生きていく上での血となり、眼差しとなって、詩になるケースである。次の詩「モズ」も、たった一度の経験をもとに書いた作品である。

私よりひとつ年上の、隣の家に住む秋ちゃんとよく遊んだ。ある秋の日、田んぼの脇の、檜の木が数十本も植えてある所に仕掛けられた霞網《かすみあみ》にモズが掛かった。秋ちゃんが自宅に鳥籠をとりに行き戻ってくるまでの間、私は逃げられないように見張りをしていた。待っていて、私はモズにちょっかいを出した。するとモズは激しく私の人さし指を突突《つっ》いたのである。

（前略）
檜の木の手前に張られた霞網は
一羽のモズの世界をゆるがせた

平和な田園地帯が騒騒しくなった
（中略）
モズはすべてを拒否していた
触れるものはすべて敵であった
モズは鋭くわたしを突突つついた
まがったくちばしが人さし指に
くいちぎらんばかりに食らいついてきた
わたしの世界が急に赤くなり
木々や空がくるくるまわった

モズとわたしのたった一度の出会いは
わたしにモズの確固たる世界を発見させた
わたしの世界は人さし指から流れた血によって
いまもモズを激しく求めている

（「モズ」一部）

たった一度の幼少年時代の経験をもとにして書いた詩、「クビキリギリスの首」「モズ」は、私自身が体験してから三十年以上経って書かれた作品である。

○目線

「目線を低くして」詩を書こうと決めてからだいぶ経つ。ところで視線と目線はどう違うのだろう。ある辞書に、目線とは「視線の俗な言い方。目線が合う。おもにテレビや映画界でいう」とあった。少し、気になっていたところ、テレビアナウンサー鈴木健二さんの造語であることがわかった（『楽天的なほうがうまく行く』鈴木健二著・三笠書房・P27～28）。

鈴木さんによると、視線という言葉から目線という言葉を造ったきっかけは、日本人は写真を撮る時にみんな緊張してこちこちになって写る。それでカメラのどこをみたらいいのかという実験で目線という言葉を必要とした。テレビカメラを使った実験で「レンズの中心から左右それぞれ十センチ、下五センチ、上十五センチの四つの点を、むすんだ形を見ている限り、この人は自分のほうをまっすぐに見ているなという感じになる」という。また人間は右側の脳の働きが強いために、正面から左側にあるものを最初にとらえる、という性質を共通して持っているという。人の目線というものは、まず左側のものを最初にとらえて、それから右にゆくのだ。

目線について、寺田寅彦の『柿の種』の中にこんな文章がある。

「鳥や魚のように、自分の眼が頭の両側についていて、右の眼で見る景色と、左で見る景色と別々にまるでちがっていたら、この世界がどんなに見えるか、そうしてわれわれの世界観人生観がどうなるか。……」

（大正十年四月・渋柿）

また、作家の水上勉は『虫の命にも』の中で、人間の眼の在り場所のことを書いている。「かねがね、人間の眼の在り場所について不思議に思うことがある。造化の神は、なぜ顔の上に眼をつけたか。もし足についていたとしたら、つまずかずにすむ人間はかなり多いにちがいない。人間が躓くのは、眼が足もとから離れたとき以外にない。

（「根はどこにあるか」）

人間の眼が、頭の左右に付いていたり、足もとに付いていていたら……と想像するだけでも楽しい。頭の後ろにも付いていたら、と前と後ろが同時に見えてかえって困るのではないか。

目線を低くして、庭の蟻を毎日眺めていて、「蟻の歩き方」の法則（?）を発見した男がいる。エッセイ集『下手も絵のうち』などで知られる洋画家、熊谷守一さんの九十五歳の時に書いた文章がある。

「地面に頬杖つきながら、蟻の歩き方を幾年も見ていてわかったんですが、蟻は左の二番目の足から歩きだすんです。木村定三さんが、蟻は足が六本あるから計算すると七百二十通りの歩き方があるに違いない、といいましたが、蟻の歩き方はただ一通りしかないのです。この間カニをもらったので歩き方をずっと調べてみましたが、なにしろ左右にはさみをのぞいて四本ずつ八本あるので、どの足から歩き出すのか、いくら見てもわからず閉口しました。カニの絵がいまだに描けないのはこのためなんです」

（『熊谷守一　人と人生』一九七五）

「蟇《がま》だってよく見てると美人もいれば口紅をつけて澄ましているのもいる」という熊谷守一の軽妙な筆致は楽しい。

○これまでとこれから

これまで目線を低くして虫や鳥の位置にまで身を低くして詩を書いてきた。言葉を変えていえば、虫や鳥や魚の位置、立場で物を見、詩を書くということである。

平成十三（二〇〇一）年十一月に上梓した詩集『仰向け』（潮流社刊）に二十一篇の詩がおさめられているが、登場する小動物は、ひよどり、蟬、アメリカザリガニ、母、猫、ジガバチ、岩魚、ダボハゼ、雀、ツバメ、蝶、鹿、かたつむり、蟇蛙《ひきがえる》、目高、鯉、アリジゴク、蟻、シオカラトンボ、セグロセキレイ、オンブバッタ、目白などである。ヒトである母も、そっとその仲間に入れておいてあげたいのである。

私は、二十一世紀の詩はいのちやこころの詩でありたいと願っている。知性や理性の詩ではなく、感性に訴える詩でありたいとも希う。汚染された地球環境の中で必死に生きる小動物の詩をこれからも書き続け、生命の尊さを訴えたい。

二〇一八年一月

著者略歴

菊田　守　（きくた・まもる）

1935年7月　東京都中野区鷺宮生まれ。

1959年3月　明治大学文学部卒業。卒論は「芭蕉・雅俗論」。

1994年10月詩集『かなかな』（1993年、花神社）により第一回丸山薫賞受賞。詩集は他に『妙正寺川』（1990年、土曜美術社）、『蚊の生涯』（1990年、あざみ書房）、『白鷺』（1999年、土曜美術社）、『仰向け』（2001年、潮流社）、『天の虫』（2009年、土曜美術社）、『カフカの食事』（2011年、視点社）、『蛙』（2017年、砂子屋書房）ほか多数。

評論に『亡羊のひと――村野四郎』（1978年、七月堂）、評論・エッセイ文庫に『夕焼けと自転車』（2006年、土曜美術社）などがある。

日本現代詩人会元会長。現在、日本ペンクラブ、日本文藝家協会各会員。先達詩人（2017年・現代詩人会）。

現住所　東京都中野区白鷺2-17-4

古典《こてん》を学《まな》ぶ！　日本人《にほんじん》のこころと自然観《しぜんかん》

2018年4月18日　第1刷発行

著　者　　菊田《きくた》　守《まもる》
発行者　　落合英秋
発行所　　株式会社 日本地域社会研究所
〒167-0043　東京都杉並区上荻1-25-1
TEL　(03)5397-1231(代表)
FAX　(03)5397-1237
メールアドレス　tps@n-chiken.com
ホームページ　http://www.n-chiken.com
郵便振替口座　00150-1-41143
印刷所　　中央精版印刷株式会社

©Kikuta Mamoru　2018　Printed in Japan
落丁・乱丁本はお取り替えいたします。
ISBN978-4-89022-215-5

日本地域社会研究所の好評図書

隠居文化と戦え
社会から離れず、楽をせず、健康寿命を延ばし、最後まで生き抜く
三浦清一郎著…人間は自然、教育は手入れ。子供は開墾前の田畑、退職者は休耕田。手入れを怠れば身体はガタガタ、精神はボケる。隠居文化が「社会参画」と「生涯現役」の妨げになっていることを厳しく指摘。
46判125頁／1360円

コミュニティ学のススメ
ところ定まればこころ定まる
濱口晴彦編著…あなたは一人ではない。人と人がつながって、助け合い支え合う絆で結ばれたコミュニティがある。地域共同体・自治体経営のバイブルともいえる啓発の書！
46判339頁／1852円

癒しの木龍神様と愛のふるさと
〜未来の子どもたちへ〜
ごとむく・文／いわぶちゆい・絵…大地に根を張り大きく伸びていく木々、咲き誇る花々、そこには妖精（フェアリー）たちがいる。「自然と共に生きること」がこの絵本で伝えたいメッセージである。薄墨桜に平和への祈りを込めて、未来の子どもたちに贈る絵本！
B5判上製40頁／1600円

現代俳優教育論
〜教わらない俳優たち〜
北村麻菜著…俳優に教育は必要か。小劇場に立つ若者たちは演技指導を重視し、「教育不要」と主張する。俳優教育機関が乱立する中で、真に求められる教えとは何か。取材をもとに、演劇という芸術を担う人材をいかに育てるべきかを解き明かす。
46判180頁／1528円

発明！ ヒット商品の開発
アイデアに恋をして億万長者になろう！
中本繁実著…アイデアひとつで誰でも稼げる。「頭」を使って「脳」を目覚めさせ、ロイヤリティー（特許実施料）で儲ける。得意な分野を活かして、地方創生・地域活性化を成功させよう！ 1億総発明家時代へ向けての指南書。
46判288頁／2100円

観光立村！ 丹波山通行手形
都会人が山村の未来を切り拓く
炭焼三太郎・鈴木克也著…丹波山（たばやま）は山梨県の東北部に位置する山村である。本書は丹波山を訪れる人のガイドブックとすると同時に、丹波山の過去・現在・未来を総合的に考え、具体的な問題提起もあわせて収録。
46判159頁／1300円

※表示価格はすべて本体価格です。別途、消費税が加算されます。